ANA KIFFER
NO MURO DA NOSSA CASA

© Ana Kiffer, 2024
© Bazar do Tempo, 2024

Todos os direitos reservados e protegidos pela Lei n. 9610, de 12.2.1998. Proibida a reprodução total ou parcial sem a expressa anuência da editora.

Este livro foi revisado segundo o Acordo Ortográfico da Língua Portuguesa de 1990, em vigor no Brasil desde 2009.

EDIÇÃO: Ana Cecilia Impellizieri Martins
COORDENAÇÃO EDITORIAL: Joice Nunes
ASSISTENTE EDITORIAL: Bruna Ponte
TRATAMENTO DE TEXTO: Carla Kinzo
REVISÃO: Karina Okamoto
CAPA E PROJETO GRÁFICO: Violaine Cadinot
DIAGRAMAÇÃO: Manoela Dourado
IMAGEM DE CAPA: Arquivo pessoal da autora
ACOMPANHAMENTO GRÁFICO: Marina Ambrasas

1ª reimpressão, março de 2025

CIP-BRASIL. CATALOGAÇÃO NA PUBLICAÇÃO
SINDICATO NACIONAL DOS EDITORES DE LIVROS, RJ

K59m
    Kiffer, Ana
      No muro da nossa casa / Ana Kiffer. - 1. ed. - Rio de Janeiro : Bazar do Tempo, 2024.

ISBN 978-65-85984-13-3

1. Ficção brasileira. I. Título.

24-92907	CDD: 869.3
	CDU: 82-3(81)

Gabriela Faray Ferreira Lopes - Bibliotecária - CRB-7/6643

Rua General Dionísio, 53 - Humaitá
22271-050   Rio de Janeiro - RJ
contato@bazardotempo.com.br
www.bazardotempo.com.br

ATO I	10
ATO II	22
ATO III	40
ATO IV	66
ATO V	74
ATO VI	82
ÚLTIMO ATO	90
NOTA	95
AGRADECIMENTOS	97

para Cléa

A cura torna evidentes
as ruínas
não tira a dor mostra o osso.
Edimilson de Almeida Pereira

ATO I

Naquela cela mínima, grávida de seis meses, um calor infinito me subia pelo peito, apertando a garganta. Tudo o que queria era um copo de água. Depois de vinte e quatro horas, era a sede, a sede que não me deixava morrer. Morta, inventariam uma história qualquer, provavelmente a do meu suicídio. O corpo desapareceria. O bebê morreria junto comigo. Nunca ninguém iria saber o seu nome, eu não veria seus olhos. Nem seus pezinhos e mãozinhas. Desconhecendo o que naturalmente os destruirá: andar ou escrever. São os detalhes que somem ao longo da vida. Só pensava que não veria nada disso. Naquela cela ínfima, no deserto no qual tentavam me encurralar, eram as miragens das mãos pequenas do meu bebê tentando tocar o copo de água inexistente que me faziam ficar viva.

Não, pensei que aqueles dedinhos nunca saberiam o que vivi.

Talvez nem eu mesma.

Nem ele, o pai, desaparecido havia mais de um mês, saberia um dia dessa história.

O guarda passava e olhava com desdém para a minha barriga. Dizia entre os dentes que o bebê não iria me salvar. Que se era nisso que eu pensava podia ir esquecendo. O seu olhar era de nojo. Eu era um ser infecto. Ao lado, torturavam Justino. No pau de arara. Ele repetia, eu não sei, não sei onde ele está. Juro que não sei. Se soubesse dizia, juro pela minha mãe que não sei.

Todo mundo tem uma mãe, que mesmo morta é testemunho. O meu bebê, já não sei se teria uma, tampouco sei se, neste caso, era testemunho a mãe ou o bebê. Nem se seria um bebê, daqueles que chora, come, arrota e dorme. No quadrado feito de paredes azuis descascadas, um basculante sujo no alto, um estrado mínimo, com colchonete fino, úmido, mofado, entre aquelas paredes que suavam, transpirando letras apagadas, escrevi na cabeça uma história que nunca contei a ninguém. Os muros da cela e a minha barriga murando o meu contato com o mundo. Afastando o máximo possível o corpo indigesto daquela sentinela dos meus dois corpos, o meu e o daquela criatura aos chutes dentro de mim.

Só voltava a imagem do muro, eu mesma como um muro, inerte, gélida, dura.

Esfreguei sem parar cada letra grafada sobre o muro. Ajoelhada, pareciam me exigir a confissão por aniquilar cada palavra. A confissão era o silêncio. Sentia o peso de todos os tempos no meu corpo, que rebatia sobre a minha barriga. O nosso mundo era a nossa casa, os nossos filhos. Familiares. Alguns amigos. A nossa cidade. O nosso país. Mas era, antes disso, o que nos uniu, a mim e ao pai daquela barriga: os nossos sonhos, talvez a aliança entre os seus sonhos e a minha revolta. Pobre, eu não sonhava com um país mais justo, exigia, com raiva, uma raiva calada, que mastiguei tanto que os meus dentes quebraram.

Quando acordei bem cedo e vi o muro pichado, foi esse mundo que desabou, o muro ficou ali, de pé. Impávido e silencioso, dizendo tudo com letras vermelhas, que singravam a minha carne.

Nessas horas não se pensa, se age. Esfregava sem parar.

Queria saber onde você estava, e ao mesmo tempo queria te matar. Como me deixou viver aquilo sozinha?

Tentei sem medo, sem questionar, sem razão nem desrazão apagar as letras escritas, as palavras, a frase, a frase sobre o nosso muro. O fraseio passou a ser um estilo impossível pra mim. Se escrevo, corto. Ou apago. Concateno arrastando letras, quando muito sou levada apenas pelos seus sons. Escrevo de ouvido, porque a imagem do muro criou um furo, no meio do fraseio, da minha cabeça, um vazio, no meio do peito, virei um algo duro como um muro que tenta escrever, sem saber se morri ou não naqueles dias, naquele ano. Ou depois.

Ajoelhada como uma virgem revolucionária que nunca fui. Fui aquela que mastigou a raiva até quebrar os dentes. Mas eles me fizeram ajoelhar, eu que nem em missa ajoelhei. Ali, barriguda, jogada na calçada esfregando aquelas letras, com trapos velhos. Um latão e sabão.

Esfregava, esfregava, sob o custo de apagar a todos nós, decidi que esfregaria até a última gota vermelha, de tinta, de sangue, de vida. Tudo o que queria era apagar. Apagar de raiva. Apagar todos os traços passados das nossas vidas.

Ainda era muito cedo. Fazia calor, sempre fazia calor. A minha barriga pesava, enorme, já me incomodando. Fui olhar a rua, precisava de ar. Senti uma pontada. Não era possível, iria parir ali? Antes da hora? O susto e a raiva, sem rosto, sem ninguém pra contar. Sim, era o muro da nossa casa. As crianças vão acordar e ver aquilo. Quem fez? Os vizinhos, o que vão pensar? Aquele coronel que morava ali ao lado, teria sido aquele estúpido?

Era uma ameaça direta. Era para sairmos dali, para mudar ou, pior, parar a rota. Pra onde eu vou com isso? O que estou tentando aqui? Pra que cavucar? Passei a vida evitando as palavras. Me tornei a mulher mais silenciosa que conheci. E agora isso? Escrever? Enfiar de novo as letras no muro que quis pôr abaixo?

Já fazia algum tempo que vínhamos perdendo a direção, os amigos, o entorno. Mas o muro da casa? Ainda não entendíamos qual rumo a coisa ia tomar. Quando se vive o limite, negamos até o impossível a desgraça iminente. Sobreviver é isso, adiar o risco de ser morto.

E também sabíamos que eles queriam tornar tudo confuso, entrecruzar notícias, era tudo estratégia. Amaciar a presa. As listas até aquele ano não mostravam os nossos nomes. Mas já vivíamos uma meia vida, desde o dia em que a Câmara foi fechada. Você chegou esbaforido. Sem trabalho daquele jeito. Com aquela cara que até hoje desconheço. Apenas repetia, tenho que acabar com tudo antes que as crianças acordem. Que os vizinhos saiam para trabalhar. Se tivesse forças derrubaria o muro.

Aquele era o muro da nossa vida. Agora é a nossa vida depois do muro. A nossa vida intramuros.

Soube naquele exato momento que mesmo depois de limpo. Mesmo ficando como o das outras casas. Mesmo depois de tudo, as letras vermelhas ainda estariam ali, como manchas, um resto, como num quadro inacabado. Quanto mais apagava tinha certeza de que nada se apagaria, e mesmo assim esfregava, esfregava, com o custo de apagar a todos nós, decidi que esfregaria até o último traço vermelho, de tinta, de sangue, de vida. Tudo o que queria era apagar. Apagar todos os traços passados das nossas vidas.

Quando acordei naquela manhã descobri que sobre o muro da nossa casa estava escrito, em letras vermelhas, naquela manhã de 20 de dezembro de 1968, estava escrito, em letras grandes e vermelhas, em tinta insolúvel, a frase, no muro da nossa casa estava escrito: AQUI MORA UM BANDIDO COMUNISTA.

Lúcio desceu do carro e me viu assim: de camisola, de joelhos na calçada, esfregando feito louca um muro manchado. Lembro que ele me dizia: "as letras já estão se dissolvendo, pare de esfregar, Cléa". Ele deveria estar pensando: como ajudar alguém em meio a tanta loucura, como desgarrá-la desse muro? É o que até hoje também me pergunto; quero voltar no tempo e quebrar o relógio. Só o esdrúxulo justificaria o silêncio do Lúcio até a velhice. Ou talvez a loucura que compartilhamos. Depois ela já não se deixa contar.

Sem dizer nada, Lúcio se abaixou e começou a esfregar comigo. O desespero é contagiante. Como a raiva. E o amor também. "Talvez ninguém tenha lido, Cléa, muitos aqui não sabem ler, ao pé do morro da Conceição." Eu só pensava: ainda há tempo de apagarmos tudo, se esfregarmos com toda a força.

A força que sentia esmagar as nossas vidas, um esmagar difícil de dizer. Como tudo o que não foi feito pra ser dito. O esmagado não fala.

Mas a tinta não sairia assim tão fácil. Os braços doíam. Os meus braços ainda doem enquanto escrevo.

Enquanto escrevo também, mãe.

O que nunca ouvi nem vi me assombra. O que você nunca me disse também. Escrever se tornou o ar que respiro pela falta de palavras, escrever é respirar. As palavras fogem, respiro. Se apagam, também respiro. Quando pousam, já logo me desgarro, e tento ver o muro, como num filme, a passagem da letra é como a passagem do tempo. Escrevo também sobre o seu mutismo. Escrevo porque nunca realmente pude conhecer você. Porque nunca conhecemos os nossos pais. Você também não conheceu a sua mãe. Porque como as palavras, as mães sempre nos escapam. Porque diante delas somos crianças, envoltas em mistérios, cabanas, panos, trapos, esponjas e letras apagadas. Grafar como apagar. Apagar como grafar é escrever. Escrevo pela sua raiva também. E a minha, que essas coisas às vezes se herdam, como o amor pelas letras, o apagar, e o grafar.

Talvez uma parte sua, outra de todos nós, tenha morrido quando as letras se apagaram. Parte desse país ainda vive morto. Matando. Escrevo em meio à sensação de um não ter língua, um algo apátrida me corrói. E essa língua, quando minha, me asfixia. Porque não lembro, porque não há memória, e porque nasci sem memória, escrevo.

As crianças sabem dizer de tudo o que acontece em torno delas. Quero encontrar a língua da menina, a língua do p de pato, de pai. Como viveram as crianças naquele tempo em que quase morreram. Toda letra é um pouco como um concreto armado, me confundo com o muro, com a sua barriga, para dissolver o duro, e inventar aquele jeito de dançar nas feiras públicas: a frase e o som do mundo que não ouvimos. Porque o muro se interpôs.

Em parte de mim ainda vive aquela criança que nasceu só porque sobreviveu.

Tudo o que não ouvi está aqui. O que não vi também. O que não se disse. O que não nos dissemos, mãe. Esse era o mundo depois de tudo. Sempre me senti como uma parte do depois de tudo. Sem geração, sem filiação, sem partido, sem grupo, sem grandes mestres. Parecia que tudo isso tinha acabado, e em parte tinha. Mas esse jeito de não pertencer a nada, que partilhava com alguns dos meus colegas, era uma coisa estranha. Como se tivéssemos herdado um sonho que não era nosso antes mesmo de termos podido começar a sonhar. Nascemos para a reconstrução. A redemocratização do Brasil. Era um sonho que fazia e não fazia sentido, porque de fato, o que vivemos? Ainda sequer sonhava, mas já era comunista. Era um pedacinho do antes. Que vivia ali entranhado, como dívida com os nossos pais, como carne hostil que foi batida antes da hora. Hoje já são muitos os tempos que me habitam, os seus sonhos também me habitam, com raiva ou alegria, um país mais justo, e justo um país. Pra chamar de seu. De meu, de nosso.

A carne hostil era assim infiltrada no cotidiano: antes de entrarmos na escola você nos treinou, a mim e aos meus irmãos, para não olhar, não ver, não ouvir, não dizer – uma imunidade à frase, detalhadamente cultivada, nutrida e alimentada entre todos nós. Sempre desconfiar. Ouvidos alertas. Não falar com nenhum estranho. E nunca sobre o nosso passado. Qual passado? Eu estava na sua barriga.

Estou aqui inventando um passado pra mim. Porque não quero o que me deram. Porque invento. Porque você me ensinou a mentir, e também a dizer toda a verdade só pra você. Como num sofisma, vivi sem saber em qual momento deveria seguir esse ou aquele caminho. Errando por excesso de sinceridade, ou mentindo para mim mesma. Uma força inabalável no sonho nunca realizado, uma espécie de célula impenetrável como a prisão de vocês, que guardei comigo. Nunca desistir.

A geração do depois de tudo tem um gosto estranho de viver. Um gosto de sobreviver: depois de tudo e antes do tempo.

ATO II

Ninguém nunca me ensinou como deveria treiná-los. Nunca fomos revolucionários. Nunca entramos em grupos de treinamento de guerrilha. Já éramos mais velhos. Políticos, de carreira. O seu pai. Eu, a sua mulher, o que acabei sendo toda a vida, como uma condição inquestionável, salvo por um único momento, do qual você se lembra, usei botas, fiz terapia e quis me divorciar. Existi para mim num pequeno intervalo. Como muitas mulheres, minhas amigas ou não, que se criaram em meio aos sonhos paternalistas de Vargas e os anos de ouro em que tudo parecia ser possível. Minhas ídolas: as cantoras de rádio. Todo o meu sentimento vivia numa música de Emilinha Borba, ousada e recatada: vai com jeito vai, senão um dia a casa cai.

Nesse tempo nem imaginava que um muro, um ato, uma frase demoliriam a nossa casa, e por tantos anos o nosso país. Anos em que uma frase ficou maior do que as suas letras. Nela havia mais do que o que estava escrito. Não era apenas uma frase. Estávamos sendo banidos. Do muro de nossa casa, de dentro dela, deste país – e da língua que se escreveu ali. Assim vivíamos. A sensação de sermos vigiados e perseguidos não era apenas uma sensação, e mesmo quando você entrou na escola. Durou muito tempo e esse tempo não se conta calculando apenas os anos. Entrávamos em outra era, fim dos anos 1960, início dos 1970. Outras décadas vieram depois. E o tempo vivido, cotidiano, o todo dia, não se agarra nas datas, no tempo da história, ele se *sente no mercado, na escola, no senhor que entregava o leite, onde comprávamos fiado as frutas e os legumes.*

Banidos como bandidos dentro do nosso próprio país.

Nele, continuamos existindo graças à nossa insignificância, obrigados a sermos pequenos, não vistos para não sermos malvistos. É um tempo que dura dentro da gente. Ele salta no detalhe, cria hábitos, impõe regras que desconhecíamos.

Sentia tanta coisa, uma mistura de dor, medo, raiva, solidão. Você pode dizer que isso aqui é sobre sentir tudo, minha filha. É sobre como sentimos, e como deixamos de sentir ao mesmo tempo e depois de tudo.

Aqui mora um bandido comunista *acompanhou muito anos os meus passos, revirando-os a cada esquina. Desorientou- -me inúmeras vezes. Fiz de tudo para tentar não ouvir mais, nem ler, muito menos dizer o que sentia. Me pergunto se em todas as casas que um dia foram pichadas não vivem os fantasmas que as letras carregam. Todas as manhãs, por muitos anos, quando saía para deixar o lixo ou para pegar o leite ainda olhava o muro. Ele me espreitava. Vivi sob a espreita do muro.*

Este mundo é incompreensível, mãe, nem escrevendo mil vezes e inventando outras tantas letras vou entender o que foi aquilo. Chumbo. Muitas vezes me senti assim, feita de chumbo, um peso, dentro e fora da sua barriga. Nascer quando era impossível chorar, gritar, pedir. Depois de tudo era só exaustão. O peso do chumbo e vocês ainda assim caminhando. Como nasci depois de tudo, senti muitas vezes que aquela não era a minha casa, nem a minha vida. Sentia dor, e pena, sentia tanto por vocês, como se vocês não fossem minha família. Me sentia sem rumo, como se não estivesse ali. Outras vezes sentia que vim para tirá-los dali. Como se minha missão tivesse sido salvá-los da tristeza, e ser só alegria.

Você apagou as letras, mas elas nunca se apagaram em você. Você é minha mãe e é também o meu país que não entendo, os apagamentos se confundem. Tudo aqui se apaga. O último a sair apague por favor essa luz.

Quando fui visitar o tio Lúcio, ele já estava muito velho, nem me reconheceu quando contava ao pai o dito e feito. Tinha em seus lábios um tremor ainda de espanto, mas também algo cândido. O meu susto foi ver que o pai também desconhecia a história. Ao fim, você apagou tudo tão bem que, até onde sei, apenas você e tio Lúcio é que a conheceram, de fato. Não sei se isso me surpreendeu, apesar de mais uma vez ter me assustado com você. Com a sua capacidade de silenciar. De apagar tão profundamente sem deixar um só traço. Que eu não soubesse, vá lá, era apenas uma barriga enorme, esse personagem-fetal. Mas ele? O pai? Ficou atônito. Fez aquela cara que aprendemos, fingindo saber. Desconversou. Mas a velhice e a gagueira de Lúcio tornavam-no insistente.

Pois eis que a história do nosso muro devemos toda ela à memória senil do Lúcio. Grande ironia. Como uma pequena história nos chega assim soprada pelo vento, pela gagueira, em meio ao silêncio e à senilidade. Ele lembrava da sua barriga e dizia ao pai: Cléa estava com uma barriga enorme, lembra? Era da sua filha menina. Como é mesmo o nome dela? Envergonhada, disse, sou eu, tio, estou aqui.

A partir do fim de 1968 começamos a viver os anos mais difíceis das nossas vidas, filha. Vidas que se perderam, se desfizeram, se desataram, se encarceraram, se apagaram. Demorou para reconstruir. E você nasceu em meio às nossas ruínas. Precisamos fazer esse mergulho juntas.

Vou ter também que inventar, para te achar diferente e a mim também, para me encontrar com o que nem sei se fui.

Essa história esquecida e desimportante – sem glamour, sem exílio, sem dinheiro, sem amigos, sem heroísmo e sem morte – é também a história de muitos, é quase a história de viver num certo Brasil. Vivo aqui e ali com receio de que tudo isso possa retornar. Volto ao muro. E ao que se apagou. Ali onde tudo parece normal é o lugar em que o terror e o medo se instalam. Sem que possamos perceber, o início de tudo.

Nunca fomos comunistas, não por desprezo ou moralismo, mas porque chegamos maduros aos anos sessenta. Vínhamos de escolas mais humanistas e menos revolucionárias. Éramos pobres e interioranos, eu e seu pai. A vida nos formou antes dos livros. Queríamos lutar por justiça social dentro das leis e das reformas – acreditávamos na política. Seu pai era um político nato. Desses oradores que todo mundo parava para ouvir. Não pertencíamos às classes intelectuais, nem artísticas, nem políticas. Foi o acesso à universidade que nos permitiu muita coisa. Ingressávamos pela primeira vez nos círculos da política estudantil. Tudo começou ali. Foi quando nos conhecemos. Mas essa história você já sabe. Nela também teve luta. Eu não era a noiva promissora, parte das elites políticas que o seu pai já frequentava. Frustrava o sonho da sua avó: eu era pobre. Carregando sangue negro e indígena, ela me chamava "lá vem aquela negrinha". Hoje, quando lembro, não sei se rio ou choro. Este país mudou tão pouco, filha.

Então não sei!

Tio Lúcio começou do nada: "lembra, José, lembra quando a sua mulher, a Cléa, estava com aquela barriga imensa jogada ao chão, ajoelhada diante do muro da casa? Não sei como ela conseguia, esfregava sem parar, tirava uma força que nem sei de onde vinha, lembra, José? Era a casa de vocês na Fagundes Varela..."

Senti uma dor de um tipo muito específico: a dor do silêncio, do não dito, uma dor fina, mas aguda, porque ela também cala.

Mas foi mesmo quando tudo isso começou, o mundo descarrilhava de novo. Depois de apagar aquelas letras, passei a vida tentando tocar, sem conseguir, em todas as nossas separações. Nos espaços silenciosos entre nós. Em como sobrevivíamos aos muros exteriores. Aos muitos muros que encontrávamos a cada momento em que íamos para o mundo. O mundo para nós era a esquina, a escola, a rua, os vizinhos. Nunca tivemos direito ao exílio nem ao berro aos quatro ventos de tudo o que vivemos, minha filha. Nos tornamos miúdos. Apenas sobrevivemos. Envergonhados até disso.

Também não consegui perdoar o teu pai. Tínhamos feito um pacto: se ele sobrevivesse, nunca mais, nunca mais falaria, tocaria, entraria ou sairia de qualquer cena pública, ou qualquer "amizade" política. Mas ele não cumpriu. E eu não conseguia viver em paz. Não sei se tinha raiva, medo ou inveja. Ou tudo isso junto. Deixei tudo por ele, fui presa por ele. Quase morremos. Vivemos anos aterrorizados para ele depois desfilar com dois ou três amigos que passaram anos sem olhar pra nossa cara? O que você queria que eu fizesse?

Eu queria que a destruição não tivesse vencido. Queria ter conhecido os anos do amor livre e do desbunde. Queria a revolução do corpo. A do amor. Queria que a nossa casa fosse menos habitada pelo medo e a vergonha e tivéssemos mais confiança na vida, em nós. Você viveu desconfiando de mim, de tudo, de todos. É bem verdade que muitas vezes acertou. Mas eu não aguentava ter que ser assim também, tão pequena desconfiando, sem poder ter um amigo pra chamar de meu. O muro sempre voltava, silencioso, vivia entre nós. Em todas as nossas casas.

Alguns ainda vivem comigo. Incomunicáveis. Assim são os muros. Incomunicáveis em suas existências. Como nós. Escrevo sobre eles, sobre nós, para tentar acordar, e dizer. E ainda assim eles suportam quietos as violências, os apelos, as promessas. Um cartaz que salvará a sua vida pode estar agora mesmo colado num muro. Também uma declaração de amor, que se você por um acaso não ler, a perderá para sempre. A cartomante que lerá o seu destino. Nos muros de hoje contam-se também as histórias de quem nunca falou – mulheres violadas, migrantes perseguidos, corpos subalternizados, todo vulnerável sabe que um muro pode acolher a sua história. Reocupamos os muros fascistas do passado. Mas eles reaparecem. E com dedo em riste dizem que vão nos matar.

Mas naquela época, minha filha, os muros dividiram-se entre os que tinham que amar esse país das botas, dos coronéis, militares, torturadores e assassinos, ou deixá-lo. Nós vivemos sem

saber como amá-lo, e sem poder deixá-lo. Imprensados entre os
muros. Em estado de in-xílio, como dizia o seu pai.

Vou escrever de novo as letras sobre o muro. Demolir outros muros. Bater ou querer bater em todos os que nos bateram. Sentir raiva por sentir como se destroem as vidas. Como nada disso nunca parou? Vou ouvir essas mortes todas e aguentar o que der e vier. Vou ficar aqui com você. Atravessar o que você nunca me disse e tentar construir essa prosa inexistente, condições que também me desafiam e desagradam. Vou sentir de novo as ausências, vou possivelmente chorar. Viver a vida que a escrita me dá. Não a que vivemos. Nunca se supera a ausência de um passado. Nem de uma mãe no passado. Você talvez soubesse. Se criou com a sua mãe doente, na cama. Também sobre isso me disse quase nada, além desse fato, e que ele levou você a começar a trabalhar quando tinha apenas onze anos, para ajudar o seu pai. Sofri tanto quando ouvi essa história. Entendi parte do seu silêncio.

Quando entrei para a universidade, era o tempo das Diretas Já, e escrevíamos essa frase sobre os muros e em cartazes. Te chamei para irmos juntas ao comício. Você ainda tinha medo. Antes disso, o assunto já esquentava nos encontros e em conversas com os meus colegas. Foi a primeira vez que tive coragem de dizer em público: meu pai foi preso político, minha mãe foi presa grávida de mim. A maioria deles, entre os quais não me esqueço, um filho de um general, disse, disseram, jura? O que é isso? Não, não acredito. As coisas não foram tão ruins assim. O mundo ainda não queria saber. Me senti ridícula, senti vergonha. A partir dali, mais uma mancha. Um pingo no muro, agora nos intramuros da universidade.

Preciso de tantas palavras, mãe. Escrever é ouvir sem palavras, um burburinho. Ouvir o que não se diz. Como esse buraco que vive nos cantos fundos da gente. Em cada parte do meu corpo sempre sobra um resto de pó, do indizível moído, entre nós. Escrevo entre nós. Tudo é nodoso quando escrevo.

Quando vi os tanques desfilando em Niterói, quando de novo vi o exército comemorando com tanques na rua uma eleição presidencial democrática no Brasil, o meu corpo tremeu. Passei noites sem dormir. A quem poderia recorrer? Quem entenderia as angústias que carregava comigo, se eu mesma não sei explicá-las? Como fazer com que as pessoas creiam no que em mim são fantasmas? Quem poderia de fato me dizer o que houve? O que estava havendo? O que ia haver? Qualquer semelhança com isso que nos baniu deixando-nos aqui, vigiados e ao mesmo tempo insignificantes, me atormentava de uma maneira que nem eu podia supor, ou esperar. Achei que tudo já era passado. Vivemos nos dizendo isso. Sem dizer. Repetimos sempre que ou tudo é passado ou tudo é futuro. Seguimos sem tempo presente. Imprensados, contra o muro.

Vi que as nossas vidas ficaram emaranhadas à frase, grafadas nela e garfadas por ela. Os muros silenciam, mas quando falam vaticinam. A partir daí os nossos corpos e aquelas letras se entrelaçaram.

Nos tornamos o que de fato vocês nem eram, bandidos e comunistas.

Você ainda não entendeu. Não se pode discutir qual a melhor maneira de sobreviver a uma coisa dessas. Não era permitido falar. E não se tratava de boa educação. Tratava-se dos efeitos da palavra: prisão, desaparecimento e morte não justificados. A minha mudez era um ato de preservação da vida. Depois da prisão, já carregávamos culpa por termos arriscado a vida com dois filhos pequenos e você em meu ventre. Mas tudo foi tão rápido, nunca sabemos quando o mundo vira. Mas ele vira, minha filha.

Vou escrever este livro só para ouvir você dizer: minha filha.

Apagar e apagar e apagar eram os gestos possíveis para que sobrevivêssemos.

Temos que saber viver também com as letras apagadas.

A cada passo nas ruas onde moro vou vendo muros. Ando catalogando um sem-número deles. As pichações são muito repetitivas. Pensamos os muros como se fossem passivos. Sem voz. Mas eles falam. Tive que sobreviver àquele quase branco, mas nunca totalmente limpo. Tem um resto das manchas vermelhas sob o meu pé. As letras carregam um tempo apagado da memória. Nesse tempo manchado, nebuloso, elas pululam sem que se note. Amarelam com o passar dos anos. As chuvas, a *e sem vida. Até o último momento tentava ajudar o Juarez, aquele professor que votou em você e veio do interior pra te pedir olha aí o meu processo, Zé, senão vão fechar a escola.*

E você destinou essa ajuda como a sua última missão no gabinete, as portas se fechavam, embaixo e do lado de fora uma multidão se misturava às forças armadas brasileiras. Quão ridículos são os momentos finais. Você corria pelos corredores da Câmara dos Deputados, subia escadas, procurava arquivos, secretárias. Tudo para adiantar um processo insignificante para a história, de um nome esquecido, o Juarez, de uma cidade qualquer que ainda hoje tem, com sorte, apenas uma escola, com poucos professores mal pagos, sem reconhecimento, sem razão que não seja a raiva, o sonho, ou a sobrevivência. Uma cidade perdida no interior pobre desse estado. Quão ridículos são os momentos finais.

Desci as escadas da frente às pressas, olhei atônita da calçada o muro. Por um instante sem relógio, fiquei paralisada. No muro, em vez da frase lia as histórias das nossas vidas, antes de nos casarmos, antes dos dois filhos, e da terceira barriga, antes das reuniões estudantis, antes do sonho, fui buscar o dia, a frase, a letra que me disse do tanto de raiva que tinha, e de como esse país tinha que mudar. E como acreditei nos seus discursos!

Olhei para o muro como se ele fosse um oráculo, o fim da linha do trem, o destino se cumprindo: nada nunca mudaria. Ter raiva não é fácil nem bonito. Dizer que era tudo sonho talvez fosse melhor. Mas escrever não é dizer o melhor. É o que é.

Como o muro: tudo estava dito. E era apenas um muro. Parei. Outra pontada. Espera. Rápido, Cléa. Rápido. Não há tempo pra pensar.

As crianças ainda estão dormindo. O pai delas. O pai delas não, ninguém sabe dele. Um mês sem notícias. Você me disse que não seria assim. Não dá pra sentir raiva agora, só o muro, Cléa, rápido. Vai, corre, mulher. Assim mesmo, vai pegar o latão, o sabão, os trapos, a esponja que tiver. Corre. Corre.

O morro estava em festa; era dezembro. Fazia calor. Com dificuldade ajoelhei e não pensei em como me levantaria. Peguei a bucha molhada, com água e sabão, e comecei a esfregar, sem parar. Sem parar.

A espuma na mão e a água suja caíam sobre a minha barriga, e refrescavam. Mesmo suja aquela água era bem-vinda. O vermelho das letras pintadas misturava-se ao meu suor. A rua ressoava o samba antes mesmo do carnaval. O suor e o odor da tinta vermelha nunca saíram do meu corpo, entranhados na minha pele, cheiro de vergonha e medo, e por detrás um cheiro de fim de festa. As perguntas insistiam: qual passe de mágica nos deixaria sobreviver? Do lado de fora: teriam visto?

Era de manhã cedo. As crianças dormiam. As crianças dormiam. Repetia tudo, esfregava de novo. Repetir era também um ato de sobrevivência. Enquanto repetia as ações, gestos, trajetos, silêncios me sentia protegida, não pensava. Assim acalmava. Repetia tudo, sozinha, sem poder chorar, esfregava. O sol doía no meu lombo.

Lúcio chegou quando tentava inutilmente me levantar. O primo mais chegado ao meu marido vinha preocupado com os meninos, a barriga. Ele foi o primeiro e único a me ver umidade e o calor do sol vão dando a elas um colorido, e nos seus semblantes esfumaçados sobrevivem os fantasmas, colados sobre a vida dos muros.

Sobre um desses muros li a história de uma moça: vim da Argélia, fui estuprada por quatro homens, não lembro como cheguei em Paris, procuro por familiares. Deixo aqui o meu e-mail. Pensei em escrever para ela. Mas o que diria, que era um familiar sem sangue?

Eu diria assim: tinha acabado de acordar. Estava com aquele camisolão de botões, feito de um tecido fajuto, que alguma costureira amiga, ainda da época em que o brilho político nos agraciava, fez para caber a minha barriga imensa. Ao abrir o portão estavam ali aqueles dois olhinhos, um par de jabuticabas e um par de algas marinhas. Ficava pensando como tinha dois filhos tão lindos. Um bem moreno, de cabelos de graúna, nasceu cheio de pelo. O meu Chico. O outro tão clarinho, como bicho de queijo, olhos brilhantes, o meu Raul. Como você nasceria? Nasceria? Sonhava todos os dias com o teu rosto. Angustiava-me a maior parte do tempo pela segurança de todos nós. Me imaginava presa e te perdendo. E assim, e assim tudo em mim se repetia. Eu, presa e te perdendo.

Como me dói imaginar como você ficou dentro daquela cela. Quem estava ali? Você estava só? Era escuro? Quem te interrogou? O que perguntou? Em que cadeira te puseram?

Era sempre mais ou menos assim, nessas sessões, um tortu-rador te põe amarrada na cadeira do dragão, ele se mastur-bando e jogando a porra em cima do seu corpo. Eu não gosto de falar disso. Nós fomos torturadas com violência sexual e usavam a maternidade contra nós.

Sei que carregou o ônus da maternidade sem nunca nos ter dito, mãe. Sinto o peso da barriga em que você se agarrou para viver e me deixar viver, mas também o peso enorme de ter nascido exatamente ali.

Em dezembro viajamos para o interior do estado. Escutamos no rádio a promulgação do Ato Institucional número cinco. Voltamos correndo para Niterói. Sabíamos que daquela lista já não escaparíamos. Depois tudo aconteceu tão rápido. A Câmara foi fechada. Seu pai expulso. Logo em seguida foi chamado para uma conversa com o governador, já que era o líder do governo na Câmara. Mas dessa conversa ele não regressou. Depois soubemos que o primeiro sumiço foi arranjo com o governo. E quando digo depois, foi muito depois, porque enquanto vivíamos o impensável, o terror e o medo constante, já não dizíamos nada, e a ninguém. Foi depois de tudo que ele me contou que o governador do Rio de Janeiro sumiu com ele, para "segurança" dele, sem que a sua família soubesse de nada. Esconderam ele num apartamentinho na Tijuca, junto com um jornalista. Acreditavam que assim o governo não cairia. Foi nesse entretempo, com ele escondido, que vivi os momentos mais terríveis. O exército em nossa casa jogava os livros no chão. Não eram muitos, mas as botas pesam. A viatura ali parada do outro lado da rua toda manhã, todo dia, toda noite. À paisana, uma brasília azul-clara. A minha prisão grávida de você, a tortura de Justino ao meu lado, a minha, tudo para que disséssemos onde estava o teu pai, e sim, claro, o muro. Nunca esquecerei daquela manhã de dezembro em que teu pai saiu cedo e não voltou. A noite chegou e ele não voltou.

Depois da minha prisão acho que fiquei meio louca. Foi numa noite, bem tarde, que fui sozinha à casa do governador. Tinha pedido a um dos seus tios uma arma. Ele não prestava muito, então sabia que teria uma arma. Entrei no gabinete da residência oficial. Tirei calmamente a arma da bolsa e coloquei no lado esquerdo do crânio do governador: se você não trouxer o meu marido de volta eu te mato agora.

No dia seguinte de manhã teu pai chegou no portão de casa, mas a viatura à paisana prendeu ele ali mesmo; nem pôde entrar, ver seus irmãos, me beijar, nem deixar que eu lhe esbofeteasse. Ali aconteceu o que temíamos desde dezembro.

Já era madrugada, e depois que os militares à paisana o levaram, continuei sem saber onde ele poderia estar. Lúcio ficou com a nossa família até depois do jantar. Queria ajudar. Mas não sabia nem sequer por onde começar.

Ah, ver ele assim esmirrado, acorrentado, foi outra morte. Mesmo que quisesse matá-lo, era diferente. Quando discursava, seu pai era invadido por uma força encantatória das palavras. Seu corpo crescia. Tomado por uma paixão que não cabia dentro dele. Captava as forças de uma geração. As vozes surdas. O povo do interior. Parte da minha vida ficou para sempre presa àquelas letras. Àquele muro. Na cela para onde fui com você na minha barriga. Na perda da casa que sonhamos juntos para os nossos três filhos. O deputado *e o futuro governador com o qual me casei deixou de existir naquele momento. Hoje entendo que a maior parte de mim também deixou de existir naquele dia. Sei que escrever isso é um certo menosprezo à minha vida como mãe de três filhos. Porque você conseguiu nascer, minha filha. Mas isso você já sabe. Está aqui escrevendo essa ladainha. Obrigando-se toda manhã bem cedo a se levantar. Mesmo quando só quer se deitar e esquecer.*

Hoje sei o peso do silêncio que recaiu sobre você. Buscando sempre por palavras. Às vezes envelhecer tem as suas vantagens. Desaparecer com o tempo não é o mesmo que conviver com os desaparecimentos que recaíram sobre as nossas casas. Em dezembro, quando estávamos eu, seu pai e seus irmãos, reunidos na serra, ouvimos no rádio a promulgação do Ato Institucional. Voltamos para Niterói atônitos. Seu pai foi direto para a casa do governador. E de lá não voltou. Eu estava enlouquecendo. Sentia que algo iria acontecer.

Esse algo que iria acontecer ainda me dá medo. Por isso sonho que este livro passe de mão em mão, de mãe em mãe. Porque às vezes ainda não tenho coragem para dizer, sozinhas, eu e você, mãe. Porque dizer sempre foi, é ou pode ser perigoso. Entre mães e filhas, entre filhas e mães. Me imagine dizer, assim, para a minha filha: a sua avó foi presa, eu na barriga, a barriga grande pesava. O seu avô foi preso. O seu pai foi preso. Ainda prendem sem julgar no Brasil. Uma parte deste país nunca mudou.

Mas as letras têm um som tão mais forte. Elas me fazem querer que as filhas e as mães ouçam a beleza que sinto por trás das grades das palavras: poesia, prisão e pai.

São palavras que me perseguem.

Entrelaçadas.

Descobri que o pai escrevia poemas sobre o mar, na cadeia onde ficou preso, que era uma fortaleza. Me contou de uma água que subia toda noite inundando a cela que estava no nível do mar. Afogar, sufocar, escavar um sem chão. Um mundo todo ele à parte, segurando os segredos que guardávamos, atrás do muro. Enquanto você apagava, as letras dele afogavam.

Me lembro do dia em que ele abriu a caixinha de sapatos: recortes de jornais, poemas escritos: minha filha, fui preso com o AI-5, escrevi e li na prisão, tive ajuda, fiz amigos, seu tio veio me ver em farda oficial da marinha, sua mãe sofreu muito, ela foi presa grávida de você, eu saí da cadeia doente, tuberculoso, uma suspeita de câncer no rim, você tinha acabado de nascer, eu te vi nascer, mesmo que você não acredite, não sei dizer tudo, vou te mostrar em pedaços.

Eu tinha sete anos. Foi assim que ouvi pela primeira vez a história do início da minha vida: sentada ao lado dele, na cama do quarto de vocês. Ele me mostrou aquela caixinha de sapatos. Ouvi tudo como uma criança de sete anos, como eu era. Parecia que já sabia, sentia sem saber. Guardei comigo as palavras prisão e poesia. Comecei a escrever poemas cheios de rima e amor. Sobrevivi entre a ilusão e o muro, sem quase nada no meio.

Ali começaram as minhas enxaquecas, vômitos, pressão baixa. Também os pesadelos noturnos; quando abria os olhos, continuava vendo aquelas pessoas vagando pela casa. Era problema de vista. Comecei a usar um tapa--olho. O que você me fez, mãe, de pirata. Não podia ser mais ridículo. Nasci com uma vista já cansada. Uma menina velha sempre morou em mim. Não sei quem foi a criança que fui. A violência esteve todo o tempo presente. Ela controlava e media as doses cabíveis da alegria dos dias. Mas a gargalhada me salvou. Você não viu a violência que permaneceu naquela casa todos os anos subsequentes, vivíamos soltos, e o muro, apesar de grande, não nos protegia. Violência sexual, meninos e meninas. Funcionários violentos. Roubos. Vi tudo com um olho só, mãe. Vivi tudo isso no meu corpo ainda franzino. A primeira vez que me masturbaram dentro de casa, eu tinha cinco anos.

Estávamos perdidos, filha. Precisávamos comer e sobreviver. Filha, me perdoe por não ter visto.

Nunca nos compreendemos verdadeiramente. Hoje, assim, quase apagada, como você vem dizendo por aqui, te entendo melhor. Como te deixei só tão cedo. Você não imagina e escreve tudo isso sem imaginar. Ah, a imaginação é tão ingênua. Você não acha? Recomeço. Depois da prisão. Sem amigos. Sem dinheiro. Teu pai tuberculoso. Como, ou melhor, por onde recomeçar a vida? Os olhos dos seus irmãos me interrogavam. Você ainda um bebê. Acreditei que estivesse salva.

Também é preciso saber que na hora em que é presa, você é analisada pelo serviço da repressão, que tenta detectar onde você é mais e menos forte. E aí, óbvio, a maternidade pesa. E ameaçavam os filhos como forma de abater o ânimo, a disposição daquela pessoa. Eu vivi assim, abatida, para não te abaterem, filha. Uma forma de sobrevivência no mato, abater-se para não nos abaterem. Um desalento mínimo como vínculo à vida. Uma espécie de parasita quieto que executava todos os movimentos por mim. Movimentos aos quais meu corpo se habituou, em espaços também mínimos. Entendi que era esse o meu destino.

E, sim, a minha visão se encurtou, ela também foi abatida.

E você, com um olho só, via mais do que devia.

ATO III

Tudo começava pelo olhar, se sentir vigiada todo o tempo não era apenas saber das escutas telefônicas, do tom de voz, do que dizíamos. Como controlar o que dizem as crianças, e viver com essa vertigem, a de que a qualquer momento seríamos invadidos? Dentro de casa, ou fora de casa, raptados. É como sonhar com os porões mais sujos. Mas antes de controlar o que se diz, é viver espreitada, é viver sob um certo olhar. Que você viu desde muito cedo, filha, nós repetimos esse olhar dentro da nossa casa. Nos tornamos os melhores vigias de nós mesmos.

É uma cara de homem que quer te comer viva? Era assim que te olhavam, mãe? Alguém quis te comer enquanto torturavam Justino?

Como posso te dizer? Estamos todo o tempo à beira do precipício do silêncio. Marretando a língua com o mesmo cassetete que nos torturou. Porque a sensação não se conta. É mais fácil inventarmos uma história, qualquer uma.

Mas insisto em querer a nossa história, porque você não a viveu sozinha. Eu estava com você, mãe.

O corpo é feito de sensações, quero esse corpo aberto sobre a página. No jeito que você se revirava, no sono perdido, no olhar para o teto e no contar das horas. Na náusea sem alimento. Na repetição sem passagem do tempo.

Sim, filha, era um pouco tudo isso que senti sobrevivendo dentro desse país, na continuidade do regime que nos puniu, ainda por muitos anos. Tudo começava pela forma como nos olhavam; se soubessem do que se passou, logo nos evitavam. Éramos vigiados todo o tempo, mas já não sabíamos identificar por quem, como, onde. Perdíamos o sono, vivíamos numa bruma de eterna vigilância.

Logo há esse outro olhar: se você é mulher, a raiva deles é ainda maior. Pensam: "por que uma mulher, uma moça está fazendo isso?" O mínimo que você ouve no primeiro interrogatório é que você é uma vaca. São as boas-vindas. As boas--vindas por ser mulher política. Por ser mulher, simplesmente.

Uma vaca. Somos todas vacas. E ainda hesitamos: "talvez", "eu acho", "é uma forma talvez de dizer"... Sim, ser uma mulher politicamente engajada não pode. E hesitar em dizer é tudo o que eles nos exigem, com tortura física ou não. Escrevo para me deserdar disso, mãe. Quero a água fria vertendo como uma porrada sobre a hesitação.

Tentar dizer ainda não é escrever. Preciso voltar mil vezes à linguagem do depois de tudo para encontrar alguma forma. Sempre fugidia ou fetal. Porque depois de tudo, o que houve foi o tempo do ter que esquecer. Aqui nada é memória, mas sensações difusas que atravessaram os nossos corpos juntos, toda a nossa vida. Para as quais quase nunca encontramos palavras. Porque, quando mais precisamos, elas não vêm.

Venha, vou te dizer como é ter vergonha de existir. Como me transformei na pária que eles escreveram como sendo a história de vocês, o vaticínio que foi ali lançado: saiam sem heroísmo, sem deixar rastro na história. Sejam só a vida do dia a dia, sem estilo nem fraseio.

Por que essa língua é tão dura? É isso que tenho vontade de dizer, mãe.

Porque está sofrendo. Por tudo o que com essa língua não dissemos. Sofrendo de silêncios profundos, de desperdícios, de desimportâncias. A língua é dura porque dela tiraram a dança, a malemolência. Dura porque pedra e prisão falam a língua ingênua do p, inconsciente, desmaiada pela tortura, sem saber de si.

Mas tudo isso agora tem a cor amarelada das fotografias antigas, mãe. O amarelo é a cor da pele do tempo sobre o papel. Me insensibilizo para suportar escrever, mas sem sentir não escrevo. E retorno à insuficiência das palavras. Mas se sinto, choro e tampouco escrevo. Rodo em círculos. Decido depauperar essa história até que ela fique sem história. Ou não: só um muro de história sem recheio. Retiro os personagens inventados para ficarmos só eu e você, aqui. Nessa espécie de duelo subterrâneo. Grave. Sem saída.

O muro é liso e áspero. As minhas mãos tentam agarrar as suas. Canto canções de ninar para que a sua vida tenha o direito de ser como o meu melhor adormecer infantil. Do qual me lembro muito pouco.

Quando você pega numa arma, filha, isso é duro, quando você decide que pode matar. Não é uma indignação, uma repreensão, é uma sensação que todo o seu corpo se transformou noutro corpo. Quando invadi a casa do governador com uma arma na mão perguntando onde estava o seu pai eu já não era eu. Nunca mais coincidi comigo. Você é fruto desse hiato, deve ter sentido aquilo que não tem nome tomando todo o meu corpo. Eu sequer tremia. Depois desse sem-nome ficou difícil encontrar como falar do amor. Digo: quais palavras? Como me perdoar? Ser capaz de matar é uma decisão sem volta. Sempre te pedi: pondere antes, filha. Algumas decisões são sem retorno.

O que você viveu, eu vivi? Existe um eu dentro do ventre? Como posso escrever em forma de feto? Choro. Paro de escrever. Essa língua me tortura. Preciso sair dela, daqui, dessa língua, desse corpo, desse país. Mas como não te honrar, mãe? Os filhos do depois vivem em dívida, quando ultrapassam o heroísmo, quando reencontram a solidão, a dor abatida, o corpo abatido dos seus pais. A língua fica suja. Ando pelas pedras catando o lixo que sobrou. É um esforço para tentar ser. É quase não ser. Escorreguei e cheguei atrasada a todos os encontros da história, das liberações à tortura. Da revolução ao cárcere. Inventei de estudar essa língua presa do p, do pai. Escrever órfã da escrita, para dizer o que passaram vocês, todos, nós, quase inexistentes, os pequenos, as crianças dessa aurora que não chega.

Por que escrever este tão drástico, e ao mesmo tempo tão banal sentimento: nascer depois de tudo?

A palavra foi cassada em minha vida junto a três corpos: o do meu pai, o seu, e o meu em forma fetal.

Entendi por muito tempo que minha vida era proibida; depois, que a palavra podia matar. E que era melhor deixá-la viver morta em mim. Como me ensinava o seu silêncio. Passei a travar uma relação de vida e morte com tudo o que digo. As palavras me matam a cada dia em que tento ainda encontrá-las.

Escrevo o que não consigo escrever.

Estamos nós duas num palco deserto e de pouca luz. Espero ouvir a sua voz. Fecho as cortinas. Faz frio. É preciso sentir o corpo gélido. Para que o seu corpo possa viver aqui. Preciso que você resista ainda um pouco mais.

Fui rever a nossa casa. O portão lindo, de madeira. O Lupo, o nosso cachorro, corria e se jogava contra o portão, você disse que é porque a cabeça dele já estava doente. Fiquei pensando como ficava doente a cabeça de um cachorro. A garagem era também varanda. Ali brincávamos, ou púnhamos a rede. Ali também vi, pela primeira vez, uma mulher chegar com os olhos vazios, um vestido indiano transparente sem nada por baixo. Fui até a fresta do portão para falar com ela, ela me perguntou cadê a sua mãe? Eu gritei por você. Foi o primeiro surto psicótico que vi na vida. A beleza suicidada dos seus olhos, agora paralisados, em camisas de força e choques elétricos. Foi quando vi a loucura pela primeira vez. O que será que ela está sentindo? Por que não podemos abraçá-la? Por que as pessoas têm medo dela? Acho que você e meu pai também sentiam isso em relação à vida. Desse jeito também eram ou ficaram um pouco loucos.

Estou esgotada de não lembrar. Vim ao mundo quando já não havia mais nada para contar. Vim ao mundo quando dele cassaram também a palavra.

Cassaram a sua palavra, mãe. Volta!

Vou morrer disso que escrevemos, filha. A palavra cassada quando acomete dizer mata. Não há salvação pela escrita. Para mim não há mais salvação. Toda mãe só quer que seu filho esteja salvo. Mas não posso dizer que tudo o que fiz foi instinto materno. Não. Seria uma mentira tão ridícula, como tantas outras. Escolhi salvar o teu pai quando ele saiu tuberculoso e deprimido da prisão. Não se trata de se arrepender. Você sobreviveu, mesmo que muitas vezes a morte tenha passado perto do teu corpo franzino. Essa língua me trai. Não quero falar de arrependimentos, seria só um lamento, sem fim. Quero falar das sensações contraditórias, quando tudo treme o certo e o errado não vivem mais no mesmo lugar de antes. Mantivemos a ética, mas sem orgulho. Nunca achamos que fizemos nada de grande porque fomos presos neste país cujos cárceres vivem abarrotados. Imagina como seria ser preto e pobre. Imaginar é sempre pior do que a realidade. Você vive imaginando. Seu pai também. Dizem sonhadores, utópicos. Fiquei com o outro peso, injustamente. Porque também justiça é uma palavra mordaz, ao dizê-la ela já morde o próprio rabo.

Escrever não é só fazer viver, é também matar de novo. Não se esqueça nunca disso.

Sim, estamos matando tudo de novo.

Como eu poderia te dizer, te fazer entender, te acalmar? O medo que senti é ainda agora indescritível. Você estava dentro de mim quando fui atravessada pelo medo mais forte de toda a minha vida. Você entende, filha? Você entende esse medo agora?

Dizem que o medo se localiza na amígdala e impede de dizer. Depois disso, tudo foi silêncio.

Entre as nuvens vejo um breve raio de sol sob o céu invernal. Você está falando, só quero ouvir. A minha voz agora treme.

Minha filha amada! Você se habituaria a esses ruídos? A essa voz frágil? A esse quase silêncio ainda mais uma vez?

Aguento qualquer coisa que não seja esse breu constante. Esse peito sufocado. Essa insensibilidade generalizada, como uma infecção sem cura. Queró a sua meia-voz. De volta ao prato magro do sem registro, sem memória. Quero o muro descascado à unha. E o meu dedo esfolado por estas páginas.

Quero me lembrar dos meus primeiros anos. Do estupro e de como vocês me amavam. Terá sido ali o nosso primeiro abandono, mãe? Por que não ver é como abandonar, não é, mãe? Ou terei me abandonado eu mesma, habituada a uma violência que já não sei como dizer? Você foi estuprada na prisão, mãe?

Quero me deter na força da vida, mas a língua resiste. Ela chicoteia, foge, espicaça. Não consigo amarrá-la na cadeira que tortura, na corda que ata, no nó na garganta.

Brinco de escrever. Apago. Apago. A luz apagada, uma multidão corria, não havia tiros, nem pau de arara. A rede era um barco. Cada móvel era um mundo. E mesmo a rua, quando ainda proibida, habitava uma aventura, uma fantasia, uma cabana. Montávamos cabanas de pano, à noite, imaginando viver num deserto diferente, nos tornamos nômades imaginários, sem nunca termos saído do lugar.

Desse deserto imaginário e real fiz a minha primeira infância. Tenho hoje a impressão de que passei todo esse tempo em barracas. Me lembro do medo da barraca nos olhos do meu pai. Qualquer porta fechada parecia agredir a nossa existência familiar. Me lembro da viagem ao camping. Da boneca chorando a cada buraco na estrada. Sempre uma barraca montada, agora no carro. Com esse carro viajamos pelo país. O carro era uma caravan cor de abóbora. A minha carruagem. Sobreviver no sonho. O sentido escorregava. Tínhamos que apreendê-lo sempre em outro lugar.

Melhor do que morar no mesmo ponto final. Impedimento e prisão vividos dentro do próprio país. Uma espécie de vida interrompida. Mas ainda assim vivos. Uma violência como água corrente. Adilson se tornou um alcoólatra. Você se lembra quando ele me agarrou na sala da casa, mãe? Eu tinha cinco ou seis anos. Ele estava bêbado. Por um momento fiquei sozinha com ele na sala. Você chegou alguns minutos depois. Eu me debatia tentando me soltar. Todos os braços eram fortes como os do Estado invisível. Essa categoria sempre e só aparentemente em extinção, só ou somente forte. São fiapos que guardo.

Estava na sala. Adilson veio nos visitar. Era sexta-feira. Ele já chegou bêbado, mas vocês diziam apenas *bebinho*. Você foi pegar algo para comer. Ficamos nós dois na sala. Era verão. Possivelmente, aos cinco anos, eu estava apenas de calcinha e camiseta.

Tão poucos amigos, filha. Ninguém em quem confiar. Alguns precisavam ser mantidos, mesmo quando destruídos. As vidas se destroem não apenas com a prisão, o desaparecimento, a tortura, o assassinato. As vidas se destroem nos sonhos destruídos, na demolição dos ideais, dos projetos, do desejo, na perda do emprego. Anos de empenho e trabalho. Cai a primeira pedra, e é difícil conter o resto. Passamos a vida tentando conter essa pedra caída, para que ela não provocasse uma avalanche sobre nós.

O sofá era quadriculado, laranja e azul. O tecido quente. Ele me abraçava muito forte. E falava coisas no meu ouvido. Não me lembro ao certo o que dizia. Comecei a sufocar, tentava escapar dos seus braços que ficavam cada vez mais pesados.

Eu cheguei e disse: o que é isso, Adilson? Larga a menina. Você correu em disparada.

Sim, dessa vez foi assim.

Nada era psicológico e tudo era. Porque a tortura e o in-xílio que vivemos eram assim. Sem traços físicos à mostra e, no entanto, tão reais.

Houve traços físicos, vocês não quiseram falar. Você se lembra, mãe?

Tem algo na língua de capacetes e botas que foi feito para borrar a memória. Raul, meu irmão, um dia me contou eu não lembro, mas sinto. Por ter ficado colada ao seu corpo, e a renúncia que fez da política, eu choro.

Também choro, filha.

Toda renúncia envolve muitas outras. Ser obrigada a renunciar dissolve um ímpeto de vida. Esse exílio escriturário me obriga a falar. Até nas suas horas mais dispendiosas sinto que escrever este livro não é uma decisão só minha, mesmo que não saiba como explicar tudo isso. Escrever não é explicar.

Me pergunto se chegou a hora de ir ao meu pai e falar sobre tudo o que não sei. Escreveria outra história? Outro quase-romance? Mas quero ficar só com você, mãe. Estou dando voltas entre os fiapos das nossas línguas quase faladas, quase-silêncio. Um muro entre nós, a língua, a palavra e a mudez.

Eles inoculavam na alma da gente uma desqualificação tão profunda que sentíamos como se já não valêssemos mesmo nada, minha filha. Os dossiês da polícia política não são relatos sobre política, eles são feitos de injeções de desqualificação da sua pessoa. Da sua credibilidade. Te desqualificam como gente. Mesmo quando falavam do perigoso revolucionário isso era rasteiro, nada indicava qual o verdadeiro perigo do revolucionário, e tudo se resumia àquilo que disseram ser o ímpeto assassino deles. O Estado assassino nos criou como seus filhos bastardos. Nos desqualificando como seres humanos. Uma inversão constante sustentava o vocabulário do autoritarismo brasileiro.

Uma inversão de sentido habita toda linguagem autoritária. Doravante estávamos no caminho de sermos sempre o outro lado do muro, o negativo de uma foto de nós mesmas. Ou de sermos só o negativo. As acusações morais pesavam não apenas sobre os ideais dito revolucionários, elas destruíam a nossa dignidade. E isso nunca consegui superar.

Hoje voltam a fazer isso, mãe. A vida das pessoas é invadida e desqualificada moralmente. Chamam de ditadura os desejos de emancipação. E de revolução os governos ditatoriais e autoritários. Vivemos num tempo em que esse dicionário de contrários voltou a atuar.

Sim, é difícil, minha filha. O mundo está dizendo que precisa passar de novo pelo mesmo buraco. Tantas mortes, mortes mortas e mortes vivas. Talvez o que eu nunca tenha conseguido dizer foi o que morreu em mim e de mim naqueles anos. Segui viva, criei três filhos, me mantive ao lado do teu

Brasil Brutal deveria ser o nome desse país. Desse livro. Imenso, aterrorizante e terno Brasil Brutal.

Volto ao filme *Calle Santa Fe* buscando o muro da nossa casa na Fagundes Varela. Volto ao muro. Aos traços vermelhos dessas letras que me cortam como uma água gélida do inverno do norte. Como o inferno dos porões. Imagino se a morte é um poço. Se a nossa casa tinha um porão. Como era por dentro. Como você andava. Onde estava a cozinha. E os livros? Os que as botas verdes, na altura dos olhos dos corpos pequenos de meus irmãos, viram? Os livros que as botas jogaram ao chão. Jogo todos os meus livros no chão. Quero ver se posso quebrá-los. Como as pernas no pau de arara. Como o cu eletrificado. E a merda que boia sobre as letras sem traço. Volto às botas verdes gravadas na memória infantil dos meus irmãos. Numa memória densa que nunca pude e nunca poderei ter. Volto a olhar para o rosto de Carmen Castillo. Sentada no chão. Na esquina de sua última casa no Chile. *Calle Santa Fe*. Vejo um coração extirpado. Como se amputa um braço. Não sentir mais. Não sentir mais é um desastre da violência.

Mas é também um excesso de sentir, minha filha.

Me falta uma musculatura, não sei qual, para o amor. Tento amar, mesmo atrofiada. Te amo, mãe. Volto à *Calle Santa Fe*. Volto ao nosso muro. Apagado. Borrado. Intransponível. Busco o som da sua voz em meio aos silêncios intermináveis. Como a longa noite do inverno.

Encontro ao menos um sorriso. Que saía pelo canto esquerdo dos seus lábios. Entre a vergonha e a ironia. As imagens da perda dos dentes. Sinto as suas mãos fortes. Brutas. Castigadas pelo trabalho de homem num corpo de mulher. Difícil ter um corpo de mulher. Tomo em minhas mãos as brutalidades sobre o seu corpo. Sobre o delas. Sobre o meu.

pai, para que ele se reerguesse, passamos necessidades básicas, vivíamos com a ajuda dos familiares, demorou uns dez anos para que a dita nossa vida se recolocasse nos trilhos. Teu pai passou a vida trabalhando, quase não o víamos. A força de reconstrução, que não sei como ele encontrou, não foi a mesma que a minha. Uma coisa me partiu tão profundamente, uma espécie de amargura atávica. Também o mundo em torno de nós, no qual acreditávamos, pelo qual tínhamos lutado, já nada dele estava ali. Nem mesmo as pessoas, mortas ou exiladas. Era difícil encontrar um caminho de volta à vida se a vida já não estava mais ali. Ainda mais difícil para uma mulher, casada, com filhos. O medo, também o medo. A fuga pela alienação, tudo isso fez de nós sobreviventes mal-adaptados. Vocês carregam essa meia adaptação, essa entrada pela metade. Está na hora de dizermos por nós mesmas, filha. Os arquivos militares não são dignos desse nome. Ali nada é dito do que realmente se passou.

Alguns desses papéis já estão apagados, mãe. Sonho que neles haveria alguma letra a decifrar. Outro muro a ser limado. Que pudesse me dizer das razões de tudo aquilo. Como não há, escrevo.

Me deparo com essa frase de Carmen Castillo, "é como se tudo fosse diferente, não se pode tocar a recordação, eu quase não me lembro…" À beira de ser assassinada, vendo o marido morto pelos militares de Pinochet, perdendo o filho em seu ventre. Mesmo tendo vivido tudo isso, a memória parece ainda assim lhe dizer: eu sozinha não sou suficiente, e assim não lembrarei.

Sim, sozinhas não lembramos. E essa traição à memória também impede de dizer, escrever. Essa tortura eles nos deixaram: lembrar é impossível, o verbo é arrancado de nós com a força dos canos, tubos, botas, choques. Impossível tocar a lembrança. Restam fiapos dos fatos. Essa massa amorfa corroída pelo ácido do esquecimento. O trauma físico. O corpo torturado nunca está no seu lugar. Partiu quando a primeira pele foi violada. Ficou em mim a vergonha. Um arrepio. Mas não ele, o corpo torturado já não está.

Tocá-lo seria como morrer de novo. E viver é sentir todo o tempo, por longo período, a morte por detrás de cada passo. Como se esse corpo fantasma, o torturado, andasse atrás do nosso corpo.

Então digo: mãe, este livro é o muro que reescreveremos juntas. Estamos colocando ali as letras que no passado você foi obrigada a apagar.

Estamos colocando outras letras sobre essas. Estamos escrevendo sobre o muro. Com letra dura. Um murro, escrever é um soco.

que numa manhã, bem cedo, alguém lhe acordou dizendo para se levantar rápido e ir para a sala. Eu não sei como ele se lembra disso tudo; era tão pequeno. Quando saiu do quarto e começou a descer a escada, notou que havia pessoas subindo em fila, todos vestidos de verde, de capacete e armas na mão. O oficial que subia na frente de repente parou. Ele tinha uma metralhadora na mão, apontada na sua direção. Raul, sem entender o que estava acontecendo, continuou descendo a escada. Com a mão, afastou a metralhadora e seguiu. Todos os militares abriram espaço para ele passar. Quando chegou na sala do andar térreo, notou que ali se encontravam mais soldados. Todos de pé e parados. Dois deles armados com metralhadoras. Ele se lembra disso, ele viu isso, muitos deles, delas, as crianças do depois, do ainda ali. Meus irmãos viram isso. Eu não vi. Dentro da sua barriga só senti, mas não vi. Apesar de ter nascido com uma vista muito cansada. Não vi. Você também viu, mãe.

Tudo era estreito. Você e eu estávamos espremidas. A metralhadora apontava para a sua barriga, ali, na altura do umbigo, do cordão umbilical, por onde eu respirava. A minha primeira visão foi uma alucinação, foi um estrondo. Lembrar do que não tem memória, só da sensação, é como escrever com o raio, esperando o trovão. Esse sem-nome que você viveu, é ele que ainda me toma, quando tento escrever.

Foi o cano da metralhadora que me apertou dentro da sua barriga.

Era disso que eu tinha medo, minha filha, que você ficasse só com essas sensações. Sem palavra, só há o medo. E eu também não fiquei pessoa humana até muitos anos depois. Não é possível ser completamente humana outra vez. Nunca contei essa história para mais ninguém. Mas eu sei. Trinta e sete anos...

Você tinha trinta e sete anos e eu estava ali para nascer. Já nada aí se calcula sobre o mesmo tempo, abandonamos a linha reta. Oh, tristes trópicos. Como escrever e dizer: eu escrevo sem ser humana, essa língua me desumaniza. Impossível escrever nessa língua. *Oh, god, I'm sorry.*

Tentei contar quanto tempo de silêncio houve em sua vida, mas o tempo nunca foi o mesmo depois disso. Por isso não se deixava contar. Senti tristeza. Muita tristeza, por você. *Oh, god, I'm sorry.* Passados anos, ainda sinto muita tristeza por você não ter conseguido contar, gritar, dizer.

Tristeza e raiva. Mas mesmo a raiva, quando assim controlada pelo Estado de força maior, é acometida por uma inconstância, torna-se frágil, inconsistente, sem expressão no mundo. Viramos dóceis. Não se escreve com a docilidade. Com a mordaça. Escrever é feroz. Olhem para nós duas aqui, nesse exato momento, e diga, entre dentes, tremendo: escrevemos!

Mas nunca acreditamos em romances utópicos. E o amor, ah, o amor, essa loucura atravessada pela violência por toda parte. Educação Moral e Cívica foi sinônimo de total abuso físico. Toda moral naqueles anos de romance de formação era falseada. Proibitiva. Me sentia violentada pela Educação Moral e Cívica na escola, naqueles anos de chumbo, pelos professores também. Como aceitar esses ensinamentos se as nossas vidas

A única pergunta sempre foi: como se salvar? No nosso caso salvar-nos era salvar vocês três. Você ainda comigo. Respirando dentro. Não havia filtros possíveis. Tudo estava ali. A nossa ansiedade. A prisão. A doença do teu pai. Aquela tuberculose maldita dos meses de frio e a água subindo na cela da fortaleza. A minha angústia inominável, mesmo para mim, dos espaços nos quais poderíamos ficar presas juntas. Só pensava em como sairia daquela prisão. A tortura do Justino ao lado. Os gritos dele. Ele, o mais humilde. O cabo eleitoral. O motorista. Ele, cujo rosto você nunca viu. O Brasil é tão injusto, tão racista, mesmo quando está num regime atroz, sem lei, esse país mata o mais pobre. O mais preto. E mantém ali ainda todas as injustiças anteriores: ele, torturado para dizer onde estaria o teu pai. Eu presa, sem água e sem comida. Ouvindo a tortura do Justino, ao lado. Você comigo. O que sente um bebê na barriga? Talvez nunca saberemos. Mas eu me perguntava. E me angustiava ainda mais saber que sofria tenebrosamente com você dentro de mim. Tantas mulheres abortam na prisão, mesmo quando não são fisicamente torturadas. É uma espécie de espasmo do corpo que quer liberar aquela vida daquilo que, naquele momento, é uma negação da vida. Outras vezes nos agarramos ao feto como se ele fosse nos salvar, o que também impede a sobrevida daquele ser: preso para sempre a essa teia. Pensava a cada segundo: como sair daqui? Como guardar o meu bebê? Como não deixar que esse ventre se contraia? Quem sobreviverá? E depois, como seria guardar você comigo? Queria, mas ao mesmo tempo não queria que você nascesse.

Na cela do lado, a Regina tinha acabado de parir. Um enfermeiro vinha todo dia lhe dar uma injeção para cortar o leite. Ele dizia que o leite lhe atrapalhava. Davam a injeção à força. A Regina não queria tomar, brigava, empurrava, mas não tinha jeito, ele a pegava à força: dava a injeção na frente, na frente da coxa, "pra cortar esse leitinho aí, tirar esse leitinho", era o que ele dizia ao enfiar a agulha.

Era duro, filha, naquele espaço minúsculo esperar a visita de um animal que viria nos desunir. Não conseguia parar de pensar nisso.

Mas não posso desperdiçar mais nenhum tempo aqui. Lembro que todo movimento do meu corpo era mínimo na prisão. E o pensamento não acolhia os movimentos mínimos. Querendo buscar as saídas, soluções. As generalizações. As respostas. Ali era só o tatear da sobrevivência e, com sorte, de uma certa lucidez. Uma razoabilidade, a mesma que pedi tantas vezes insistentemente a você e ao teu pai. Sempre os considerei desmedidos. Mas foi essa razoabilidade rasteira e tateante que foi capaz de me manter viva. E mesmo quando desejei que você não viesse a esse mundo. Você, e não apenas eu, ficamos vivas.

Preciso te dizer: não tenha medo. Não tenha mais medo. Nós vivemos o impossível, fizemos o possível. Depois que já não tinha leite, faltava dinheiro, seu pai não tinha trabalho, cassado, doente, eu tinha que sair para trabalhar. Você começou a mamadeira com pingo de café, e um tanto de leite de vaca. Somos todas vacas. Há uma irmandade sagrada, que eles querem cortar, "corta esse leitinho aí". Mas não conseguem, damos um jeito. O peito de uma para o filho de outra. A irmã vaca sagrada, profanando o seu leite por nós. Nos uníamos onde eles tentavam cortar.

ATO IV

Decidi ler todas as quinze páginas do arquivo que fomos juntas buscar no DOPS, em 1985 ou 1986. Você lembra, mãe? A mulher de luvas e máscara nos olhou: vivo ou morto?

Deviam ser estantes diferentes para um ou outro caso.

Lembro-me sim. O teu tom de voz, você se irritou e de forma enérgica disse: vivo!

Sim, disse. Me senti muito desrespeitada pela frieza indelicada daquela mulher, indicando que toda aquela assepsia era também o desejo de limpeza das pessoas. Uma forma de se livrar delas.

Também me impressionou como ainda éramos malvistos, indesejáveis – na sua voz havia também um desprezo, uma desconsideração.

No arquivo descobrimos que foi um amigo próximo que dedurou o pai; a punhalada vem sempre de perto.

Por isso estou aqui, minha filha. Ao teu lado. Fico feliz que tenha lido o arquivo do DOPS, sei que não foi fácil para você. Mas era preciso que entendesse os meandros da desmoralização do seu pai, e da nossa família. Seu pai não foi um herói revolucionário. Seria preciso destronar heroísmos e remontar a história. Sobreviver, nesse caso, seria heroico? Haveria ainda a possibilidade de uma transição pacífica e paulatina em direção a uma justiça social maior? Quando veio o golpe civil-militar em março de 1964, para continuar a ser deputado, ele teve que deixar o PTB, seu partido de eleição, sua filiação política e afetiva, abençoado à época pelo governador que, entusiasmado, abraçou a sua primeira campanha. Como o PTB foi extinto pelos militares, e seu pai conseguiu continuar atuando um pouquinho mais, teve que se filiar ao MDB. Política. Mas ele acabou se tornando nesse ano de 1968 líder do governo na Câmara dos Deputados. E ao mesmo tempo indo a todas às manifestações contra a ditadura. Tornando-se mais visível e, logo, mais vigiado.

Sei o esforço de ter se confrontado com o dossiê do teu pai. O seu não heroísmo, que lhe salvou a vida, por um lado, e acabou, por outro, criando entre nós uma ferida irreparável: como se, em parte, tivéssemos que nos tornar o que diziam dele: inescrupuloso, oportunista e sem caráter – repetidas vezes escrito, fazendo-nos crer que fomos isso. Eu mesma acabando por pensar que teu pai era isso. Nunca conseguimos nós dois, entre nós, curar essa ferida, seguimos nos machucando com a mesma corda que os agressores nos deixaram. Culpando-nos por termos colocado você e seus irmãos nessa vida.

Essa desgraça infiltrada no corpo da palavra: se disser tem culpa, se silenciar também.

Os pássaros ainda estão aqui fora, passamos três dias de muita chuva. E, nesse caso, nem as janelas podem ser abertas. Sem vista alguma, me enfurnei nas lembranças, nos deveres e nas faltas desse mundo distanciado.

Quando escrevo, ouço vozes. Porque a voz é também o que perdemos e esquecemos. Mas é também o que vive quando nos abrimos à escuta. Sei que aqui não estou só quando escrevo. Ouvir a sua voz seria também um modo de ouvir como será viver depois da utopia e da ilusão, o mundo do depois. E agora só há o mundo do depois.

Ouço o rapaz que passa aqui na rua, uma rua onde ninguém nunca passou porque não tem saída. Ele agora passa toda noite gritando, enquanto as famílias estão jantando: por favor me ajudem, não consigo pagar o gás, minha família não come, moro no morro do Cantagalo. Me ajudem, minha família não come. São cento e trinta reais. Cento e trinta reais, por favor me ajudem.

Já um outro pai foi até a praia de Copacabana colocar cruzes, seu filho morreu de covid-19, era muito jovem, ao fim, ele também jovem não aguentou, o pai, e morreu de morte doída. Tem muita gente com desejo de matar, deve ser para não ouvir. Para não ver. Lembra do filho da Marieta, jovem, atlético, está cheio de sequelas. A irmã dela também morreu. E a outra irmã também. O problema vai ser como viver entre os que sobrarem. A literatura já não tem mais nada a ver com isso. Trata-se de novo apenas de sobreviver. Mas a ideia é que para sobreviver às vezes tem que poder matar. Dá uma raiva, e a raiva acaba sendo um pouco do mesmo de tudo o que fomos. Você quando pegou na arma e a apontou para a cabeça do governador. Queria fazer isso agora, com qualquer posto máximo de qualquer poder. Escrever com uma pistola na cabeça dele.

De quem?

Quando comecei a trabalhar, com onze anos, entendi que trazer dinheiro para a casa era ofertar um futuro para todos nós. Eu mesma fazia as minhas roupas quando, já na faculdade, comecei a encontrar pessoas de diferentes meios e classes. Ali conheci o teu pai; ter entrado para a faculdade era o sonho de uma vida que mudaria. Respirávamos juntos o ar do desejo de um mundo mais igualitário, mas é obvio que as elites resistiam. Óbvio que eu não era bem-vista como as meninas ricas. Óbvio que me sentia invadindo um mundo que não me pertencia. Mas ainda imaginávamos que haveria espaço para todos. E imaginávamos sobretudo que essa mudança era necessária, que melhoraria não apenas a vida de alguns ou de um grupo, mas de todos. Depois de tudo, perdemos essa ilusão.

Nessa hora tento olhar para o seu rosto e lembrar das mulheres da família – não éramos tantas. As suas irmãs, a minha avó. Quantas feridas carregavam? Olho o arquivo de 1976, e leio que ainda ali estávamos sendo vigiados. Mas há tanto fora do arquivo, a viagem de navio da bisa do Líbano para o Brasil, com três filhos nas costas buscando pelo marido. Imagina chegar num país estrangeiro perguntando (em que língua?)

onde está o Abdul? A minha avó fruto do reencontro improvável deles dois: herdando a certidão de nascimento da sua irmã morta quatro anos antes. País falseado. De falseadores. Esse nome escrito errado, em que falta uma letra. Sempre falta uma letra. Temos origens sem origens. Somos assim, as mulheres que desviaram do caminho.

Queria poder lembrar para você, filha, mas nunca possuímos a história, nem a nossa. E a memória, mesmo quando boa, é um emaranhado de afetos que atingem o corpo. Sempre tive muita dificuldade em contar qualquer coisa que me tenha acontecido. Sou um caso clássico da mulher que se casou e deixou de existir para si mesma, tornando-se um sujeito coletivo: a família. Você sempre me incomodou me pedindo, olhe para você. Mas como? O que veria? A arma no meio da testa. Aquela coisa sem nome que me possuiu e nunca mais me deixou. O desejo mais forte que os militares nos infringiram: era preciso esquecer quem tínhamos realmente sido para nos tornarmos o que eles disseram que éramos. Perigosos, maus-caracteres, inescrupulosos, nós íamos acreditando nisso. Mesmo que, no fundo, alguma voz interior nos dissesse que não éramos aquilo, ninguém é suficientemente forte para não se tornar em parte o que todo mundo diz que ele é: louco, mau-caráter ou inescrupuloso.

Mãe, acho que este livro é sobre um muro. Talvez sobre vários muros. Ainda hoje barrando e impedindo que um lado e outro se falem. Que alguns passem e outros não. Que muitos morram sobre ou sob o muro. A maior parte de quem tenta transpô-los também. É ainda sobre o muro da nossa casa. É sobre sobreviver expulsos dentro do próprio país. É sobre o in-xílio e o reinventar de uma vida, de uma história. Um algo que me tornei, mas não sei bem o que é, ou quem somos. Porque esquecer não impede a dor de correr pelo corpo. Sou um feixe de violências. De todas elas. De todas as mulheres, sou um fragmento de cada uma delas. Carrego, fincadas no corpo, todas as mulheres do mundo que arriscaram ver e atravessar os muros. Sou agora a sua dor e a minha. Sou o desconsolo. O pau de arara de Justino. A sua barriga espremida na cela, sem água ou comida.

Tenho pesadelos, neles eles começavam a me bater. Me colocavam no pau de arara. Me amarravam. Me davam porradas. Choques. Eles começavam dando choque no peito. No mamilo. Eu desmaiava. Sangrava. Na boca. Na vagina, sangrava. Nariz, boca... E eu estava muito, muito mal. Veio um dos guardas e me levou para o fundo das celas e me violou. Ele falou que eu era rica, mas eu tinha a buceta igual à de qualquer outra mulher. Sou assim, igual a qualquer outra mulher. É assim ser mulher. É assim ser mulher.

ATO V

Em 13 de dezembro de 1968, tendo em vista os atos de insurgência em curso na sociedade brasileira, o AI-5 é decretado.

"Quantas vezes teremos que reiterar e demonstrar que a Revolução é irreversível?"

Costa e Silva

Parei mais de uma vez diante daquele pedaço de folha amarelada, datilografada, de letras desbotadas, mal escritas, repetitivas. Só parei porque estava ali, nessa folha cortada, o nome do tenente-coronel que torturou o meu pai. Ainda era adolescente quando pela primeira vez ouvi o pai falar dele. Senti sempre uma tensão em seu corpo quando porventura acontecia, por alguma razão indesejada, uma referência ao nome dele. Entendi que foi o responsável por sua prisão, li no prontuário que foi também quem se negou à impugnação de seu processo, pedido feito diretamente a esse tenente pelo ex-governador.

Fui rapidamente ao google, queria ver o rosto dele, condecorado, carreira exitosa. A tortura é válida?

Acabei chegando à página de um jornalista em quem sempre confiei, porque ali estava uma breve lista de nomes que deveriam depor à Comissão Nacional da Verdade, e sim, lá estava ele também, claro. Tinha até apelido. Logo depois morreu esse jornalista, foi fulminante, não foi covid-19. Logo pensei em todos que já morreram, e nos que morrerão ainda agora, pensei que o pai segue vivo, com oitenta e cinco anos, e que o seu torturador segue vivo também. A pergunta se recoloca. A tortura é válida? Pensei por um segundo em como eu iria torturá-lo para que ele respondesse a todas as minhas perguntas. Fim.

Estávamos na praia quando o teu pai ficou tão nervoso ao ouvir, não me recordo mais a razão, mas o nome do torturador saiu da boca de uma amiga sua, que você havia levado para passar o fim de semana conosco. E, pior, ele era o tio dela. Foi terrível, seu pai não conseguiu dormir aquela noite. Mais uma vez, sentia-se invadido. Estávamos em 1988, já era o ano da Constituinte. Mas fomos vigiados até 1981, veja no prontuário do DOPS. O tempo de quem viveu é diferente do tempo histórico, ali ainda estávamos sem saber qual rumo se firmaria. Ainda éramos aquela casca fina e ao mesmo tempo bruta, de quem viveu anos não numa mentira, mas numa espécie de vida partida, entre o que fomos e o que nos tornamos para sobreviver.

Isso que você tenta ainda hoje e aqui entender: o que nos tornamos ao longo desses anos, obrigados a des-existir, e não apenas – o que já seria muito –, mas a desistir. O que nos tornamos? Estou todo esse tempo aqui com você buscando também entender. A tortura é válida?

O in-xílio não é simples, você cria um centro de desamor e desrespeito ao que você era. Isso fica dentro do seu corpo, da sua casa. Você existe inventando um amor inexistente àquela pátria que prendeu você, torturou, cassou, e aos homens que te violaram. A eles você deve nutrir algum respeito, para que não voltem a te violar. E a revolta, decerto existe em algum lugar, só que você já não sabe mais onde ela está. Se nos revoltássemos de verdade, ou morreríamos ou vocês seriam abandonados. E sempre seríamos responsáveis pela eventual destruição de nós mesmos. Tudo vai se virando para dentro. Nos agarramos à vida, ainda assim; era esse o lema. Sem pensar, sem sentir.

Os testemunhos dos familiares demonstram que os órgãos de repressão tinham conhecimento sobre o paradeiro dos desaparecidos, mas o omitiam, contrariavam informações anteriores e davam respostas evasivas ou falsas. Exatamente aqui recomeça a história da desgraça subjetiva e coletiva do Brasil. Aqui começa a sua história, mãe: mentir como método. Omitir como prática legitimadora. Inventar outro destino, outra vala comum, para um corpo que se forja sem identidade, contrariar depois toda e qualquer informação, e ao fazê-lo ofertar a si mesmo uma feição um tanto cínica, que é sentida como heroica, por ser capaz de semelhante proeza. A total desvinculação entre a história do outro e a que se vive. Exatamente isso o que o exército treinou, adquiriu como técnica, vindo do exterior, retrabalhou, introduziu como genialidade de um povo, que nunca estará ali onde se diz estar.

Familiares redigiram inúmeras cartas a autoridades públicas, inclusive ao presidente da República, requerendo esclarecimentos, sem resposta. Essas cartas eram regularmente reproduzidas em documentos dos órgãos de segurança. Impetraram também pedidos de *habeas corpus* para localizar seus parentes e formalizar sua prisão. Esses pedidos foram, em geral, denegados ou julgados prejudicados, com base nas informações lacônicas prestadas pelas autoridades. Em muitos casos, inclusive, os familiares foram ameaçados por agentes do Estado para não procurarem mais informações.

Impetrar sem êxito, não deixavam que a busca alcançasse o seu objetivo; o *pratare* (fazer cumprir) era riscado das origens da língua; *pratare,* que vem de *pater* (de fazer aparecer). Não, ali apareciam ausências, e desapareciam os pais.

As autoridades procuradas sugeriam que a pessoa desaparecida vivia na clandestinidade, teria abandonado o núcleo familiar ou partido para o exílio. Sempre ressaltando que os desaparecidos eram "terroristas", "subversivos" e "perigosos", atribuíam às próprias vítimas a culpa por seu destino "desconhecido" ou "ignorado".

Sobrevivemos sem conseguir escapar a essa culpa, a que eu sinto ainda agora. Uma destruição nunca se carrega sozinho, toda uma geração se destrói junto, sonhos e ideais eram apenas a crosta de nossas pedras de geologia antiga e densa, marretadas, mas ainda muito duras. Anestesiar a vida foi um ato necessário para que restasse apenas a crosta, como sensação de culpa ou de ilusão, sim, grupos ilusórios posteriores se formavam, também uma atmosfera de degradação física e moral, de destruição, sempre destruir um pouco mais, e melhor.

Mas nós guardamos em silêncio, ao menos críamos que era em silêncio, e que vocês não veriam essa destruição. Até hoje não sei o quê ou o quanto você viu dela. Ainda é difícil para mim ver o que você vê. O seu olhar.

O meu olhar melancólico, tinha cinco anos.

Mãe, podemos imaginar o torturador?

Filha, hoje posso imaginar tudo. Estou morta.

Porque ele respondeu, mãe, ele disse assim:

E a tortura tem cabimento?

Tem.

O senhor acha?

Acho.

Defenda a tortura. Justifique a tortura.

A tortura é um meio. Você quer obter uma verdade.

Não. Eu quero a sua verdade.

Será que querer a sua verdade também não é um pouco como a tortura, mãe? Você sempre me exigiu dizer a verdade. Fora todos os silêncios, tudo o que não foi visto nem dito, sempre te respondi a verdade. Estou me sentindo uma torturadora, mãe. Eu também quero a sua verdade.

Qual a diferença da sua verdade e da tortura?

Estou exemplificando: o senhor quer saber uma verdade. O senhor tem que me apertar para eu contar. Se não, eu não conto. Muito clara e simplesmente, a tortura, em um elemento de grande periculosidade, vamos dizer assim, é válida.

Qual era o elemento de periculosidade entre nós, mãe?

Hoje é este livro, minha filha.

ATO VI

Estou cansada, mãe. Já não sei mais por onde recomeçar. Estou sem bússola, o nosso tempo é o da desorientação. Escavo arquivos e palavras, na tentativa de encontrar raízes apagadas. Troncos largos e caudalosos de um início cheio de fins.

Aguardo os seus sinais. Como a borboleta que pousou na minha cabeça, percorrendo a piscina onde busco o fôlego. Volto às águas como método de cura. Agradeço, e ainda assim não consigo evitar esse ar de tanta desesperança. Busco, quando falo, incentivar os sonhos. Imaginar que já ingressamos na época da reconstrução.

Vou ler *Uma barragem contra o Pacífico*, buscando a voz dela, que sempre me nutriu de pesadelos férteis e risos congelados, te chamo para dançar comigo, pacifico tudo o que posso, passamos a escrever juntas um romance do pós-guerra, que me ensinará talvez o que precise para amanhã, ou depois de amanhã, enfim para quando esse tempo passar, se passar, te chamo para criarmos uma barragem, e não mais um muro, para voltarmos às nossas casas de origem, vazias, desertadas, de olhares cruzados e silêncios.

A violência tem por objetivo fazer com que os agressores se inoculem, eles passam a viver como bactérias sob as unhas, nas peles de nossos corpos. Com o passar dos anos acabamos não os amando, mas nos tornando corpúsculos onde eles também vivem.

Vivemos sob esse Estado, mudam os presos, continuam os métodos. A tortura é um método. Um modo de relação com o qual nos habituamos, não necessariamente em sua prática física, mas em seu método, em sua intimidade com uma verdade que comprove o nosso próprio aniquilamento, e justifique a sua existência sem princípio, desde sempre. A tortura é válida?

Eles conseguiram se infiltrar na nossa casa, a tinta vermelha no concreto; atrás dele, um pedaço da prisão de vocês. Fui acreditando, sem saber, ao longo da vida, que o interrogatório era um método, que a palavra teria que ser sempre verdadeira. Há de reconhecer que não conseguimos matar esse bicho.

Agora é só falseando que sobrevivo. Reescrevo sobre a verdade mentirosa dos muros com outra cor, com outra dor.

Ontem fui ver o meu pai, preciso contar para você. Ele já não é mais o mesmo, anda desorientado, já faz muitos meses que está confinado. Busco pelo raciocínio dele e é como se seu cérebro já estivesse cansado. Ele já não localiza bem a separação entre passado e presente, também está misturando realidade com imaginação. Afirma ter a tal namoradinha da tevê; de dentro da tevê. Tem um quê de humor, ele mesmo ri. Quando faz isso não sabemos se é porque ele sabe que é ilusão ou se tudo aquilo o alegra. Dessa vez já não expressei o meu espanto, e deixei que ele falasse. Em algum momento ele ficou nervoso, porque disse ter lido sobre uma medida extraordinária tomada pelo atual presidente, e que tal medida iria aumentar a pena para os presos políticos. Ele não conseguiu explicar com essa clareza, mas era isso. Ligou para o Haroldo, que disse ser um fascista, e de fato é, o que mostra que o pai tem ainda lucidez, e tentou explicar ao amigo fascista o medo que ele sentia. Isso daí já é louco, né? Como assim pedir ajuda ao fascista? Entende como vocês acreditaram no agressor?

Ele está revivendo, talvez agora, ao menos na minha frente, pela primeira vez, o mesmo medo. Nunca o vi assim tão aterrorizado. Ele sempre escondeu essas emoções. É como se o passado estivesse novamente na cara dele, e ele não entende que é passado. E como há algo de real desse passado no tempo presente, tudo fica mais difícil.

Ele me disse que voltaria a ser preso. Logo depois parecia que ele nunca havia saído da prisão. Como se ainda estivéssemos em 1968 ou 1969. Depois disse que tinha medo pelos filhos. E que eu também seria presa. Me recriminou por minhas escolhas, e já não havia tempo de lhe dizer que talvez eu nem tenha podido escolher. Que, como você, não sei se escolhi. Ele me recriminava por tudo aquilo que nele mesmo, digo, em vocês, se tornou o que tiveram que deixar de ser. Acabei encarnando o ideal do que foi chutado para fora, o que ambiguamente se construiu entre o heroísmo e o desprezo ou a inutilidade; aquele que foi preso, que foi difamado, que ficou conhecido como tendo tido até um certo prestígio, mas decaiu. Hoje entendo que é impossível viver esse grau de rejeição e não sucumbir. Acreditando no agressor, vocês seguiram. E quando o agressor é o mundo, como sobreviver?

Sofri muito por ver o medo do meu pai pela primeira vez tão real. Talvez esse mesmo medo tenha estado lá, no corpo doente depois da prisão, quando eu nasci. Estava lá, mãe?

Sei que deveria começar os dias sem ler as notícias – o mundo está se tornando inabitável.

Filha, levamos tanto tempo para começar a tecer uma vida com menos medo – você já era grande, e eu ainda tinha medo. Há um medo tênue, constante, que se infiltra, que nos percorre sem dizer uma palavra. Como pensar o medo que temos de nossa própria história?

O Brasil ame-o ou deixe-o era um slogan do ódio e não do amor.

Estamos em guerra, mãe. Mas contra quem?

Quero sair dessa guerra, fazer o contrário, olhar para trás quando nos dizem siga adiante.

É preciso ainda olhar pra trás, e ver o que não deixaram ser visto. Porque eles ainda dizem, minha filha, eles falam: menina decente, olha para a sua cara, com essa idade, olha o que está fazendo aqui, que educação os teus pais te deram, você é uma vadia, não presta. Nunca deixei de ouvir essa voz na minha cabeça, dentro dela. E tudo o que queria era que ela parasse de falar dentro de mim. Acabei fazendo o contrário. Sinto tanto quando te chamei de prostituta. É essa voz, que nunca saiu da minha cabeça, filha.

Mãe, não temos como pedir desculpa pelo que injetaram em nós. Já nos perdoamos. Lembro dos seus passos firmes pela casa, ou quando dirigia para nos levar de férias, revejo como você foi mudando essa frase em cada pequeno gesto, invisível e cotidiano. Lembro muito e até hoje das barracas de camping. Você conseguia fazer daquilo a melhor aventura de nossas vidas. Era você quem as montava. Como você era habilidosa, mãe.

Colocar os pinos na terra, tudo começava por essa tração entre as cordas e os pinos, me lembro como se fosse hoje. Eu devia ter uns quatro anos. Só depois íamos vendo a barraca subir. Tínhamos uma, a que eu mais gostava, cor de abóbora, com janelas azuis. Tinha sala e dois quartos. Era tão linda essa casa-barraca. Com ela viajamos um tanto – pelo estado do Rio, também o Espírito Santo. E São Paulo. Pertencíamos ao grupo do Camping Clube do Brasil. Quando via aqueles três triângulos pretos, pintados sempre sobre uma espécie de poste ou cilindro branco, meu coração disparava; estava começando mais uma aventura. Também o gosto pelas estradas de manhã bem cedo, nas primeiras horas do dia, que hoje ainda me despertam para escrever. O problema grave de vista que meu pai tinha impedia-nos de viajar à noite. Me lembro daquela noite na fronteira do Sul, não sei se com o Paraguai ou o Uruguai. O exército não nos deixou atravessar.

Sinto que desde esse dia continuo tentando fugir. A morte tem um cheiro muito particular. Tento me lembrar desse cheiro quando noto que ele invade a atmosfera deste país. Sufoco fingindo respirar. Respiro atada entre o sonho e a desesperança. Sinto em minhas mãos as cordas e os pinos das nossas barracas. Espero o terreno para remontá-la.

Ontem meu pai me disse que ficou sozinho numa cela. Que encontrava amigos no banho de sol. Disse que saiu da prisão uma semana antes do meu nascimento, que saiu para me ver. Desconfiei. Acho que vocês mentiram para mim sobre todo esse momento. Acho que ele não estava lá, que quando veio doente e deprimido me ver foi sim uma alegria. Mas daquelas alegrias quase tristes, que sussurram a nossa falta de haviam sido destruídas por aquelas mãos? Educação Moral e Cívica foi desde muito cedo substituída pela tara dos professores pelas minhas tetas. Tento sair dos cinco ou seis anos e sou abatida pelos estudos de OSPB: Organização Social e Política Brasileira, sinônimo de um Estado assassino. Como eu podia estudar aquilo e voltar para casa? Como vivem juntos a violência e o pensamento? Como tudo o que aprendi misturou-se às agressões físicas, aos assédios cujo nome sequer existia naquele tempo? Como viver povoada pela violência se tudo o que ordenavam era: não pense na violência, não falem das violências! Por que a exigência moral militarizada era povoada de tanta imoralidade e perversidade sexual?

Preciso entender como erotismo e tortura deram as mãos e por que isso se perpetrou sobre as crianças que, como eu, nasceram ali. Na minha buceta não houve choque elétrico, por que ela foi invadida desde tão cedo? Qual é a relação entre violência do Estado e violência sexual? Por que meu corpo virou adulto ainda criança?

Já saíamos dos anos de casa e de in-xílio sabendo que nada ali prestava muito. Que aquilo era mais do que falso, uma mordaça. Mas ainda assim você me exigia não dizer o que eu já sabia. Me exigia ser sociável com uma organização social que havia nos matado. Vivíamos em um desmundo. O trauma político, fruto da Organização Social e Política Brasileira. OSPB. Que volta e que revolta a minha cabeça. OSPB. Depravando sem fim o meu corpo. OSPB. Violentado ou abusado. OSPB.

A violência inscrita no meio da buceta, como um mapa do Brasil, brutal: OSPB.

Sim, era tudo uma violência sem definição, misturando-se uma à outra; eu queria que vocês não vissem. Para mim, na minha ingenuidade, a escola era o lugar mais seguro, mais seguro do que a nossa casa, essa sim, vigiada, pichada, invadida. Por que você não me contou, filha?

Porque eu era uma criança e não entendia. Porque obedecia aos adultos. Porque vivíamos dóceis. Porque eu queria que você fosse feliz, mãe.

Era esse corpo dócil que queriam de todas nós, como resisti, filha. Assisti algumas vezes às cenas das mulheres que não conseguiram. Me remoí de dor quando vi que ela e ela e ela abortaram ao meu lado. Abortaram por conta dos choques dos primeiros dias, nos órgãos genitais, na buceta, nos seios, ponta dos dedos, atrás das orelhas, que provocavam um desequilíbrio total, em todas nós. Lembro que sentia muita, muita, muita dor no pescoço, sem saber de onde vinha. Hoje sei: quando a gente passa pelo choque, a gente joga a cabeça pra trás, e tem um momento que não se sabe mais onde dói, o que dói, por que dói; dói em todo lado. E quando uma mulher sangrava, eles ficavam muito irritados de ter de ver o sangue, sujo pra eles, cheirando mal. Era sujo o sangue que eles mesmos provocavam. Ficavam com mais raiva, e machucavam ainda mais.

Assim também vivi a tortura de Justino, como se aqueles choques fossem mais uma vez em mim. Logo o Justino: cabo eleitoral do seu pai, parceiro de todas as horas. Fazia um pouco de tudo pra gente: dirigia, viajava para o interior quando seu pai era deputado, conversava com seus eleitores. Foi logo ele que prenderam junto comigo, claro. O mais próximo, o mais vulnerável. Os mais vulneráveis. Os choques nas mulheres que abortaram ao meu lado, os choques, os choques. A tortura de Justino. Os gritos, os gritos. O sangue. Algo ali morreu, de fato, minha filha. Você nasceu, mas algo ali morreu. Em nós duas.

Levei muitos anos para entender que a nossa distância não era uma recusa. Porque nasci. Você não me abortou. Ou talvez essa recusa tenha sido um outro jeito, o jeito que você me protegeu, sem ter me abortado, precisava me salvaguardar da sua dor. Foi o preço por ter me salvado.

Como eu iria te contar que em parte eu te abortei, quando algo em nós ali morreu, naquele dia, com a tortura de Justino, o choque na buceta, naquela prisão? Tentei de todos os modos não te contaminar com a minha dor. Mas levei muitos anos para entender que mesmo não te abortando, algo entre nós morreu. Levei muitos anos para entender os efeitos da violência sobre o meu e o teu corpo.

Talvez ainda não entenda, filha. Fico desmantelada. Abandonada. Entender é dar crédito ao que não tem nome. Ao horror. Sem nos deixar cair, era preciso apenas seguir. Sim, uma expressão da guerrilha. Segurando o feto. No ventre ainda assim dilacerado. Já não creio haver nesses casos uma separação nítida, como nos quiseram ensinar, entre a violência simbólica e a violência física. O silenciamento. A impossibilidade de dizer. O nojo, a vergonha e a dor que sentia de mim mesma. Vergonha e dor, nutrindo-se uma da outra. E nós também, nos nutríamos possivelmente disso, uma da outra. Como nos nutrimos tantas vezes em silêncio das nossas dores indizíveis.

Vivemos sem poder reivindicar a nossa dor. In-xílio. Mas sobrevivemos. À morte. Ao desaparecimento. Sim, desaparecemos de nós mesmos um pouco e a cada dia. Sem notar, algo em mim foi sumindo, algo que nunca se refez. Depois pensei na minha histerectomia, você ainda pequena, mas já entendendo tudo, talvez ali, quando começava a ingressar na puberdade. Tive a impressão de que por fim retiravam-me os lugares de minhas dores mais profundas. Do primeiro filho natimorto até a tua prisão, em meu ventre.

E talvez por isso tudo, minha filha, você tenha nascido com essa sensação de violência inscrita no teu corpo. E que eu não estava ali. Minha recusa era também o modo possível de te deixar existir. Fazia tudo para que a minha dor não se alastrasse sobre você. Não consegui. Efeito contrário? O silêncio é inimigo nesses casos. Em silêncio esperava que os nossos corpos se separassem. Mesmo que o teu pequeno corpo tenha me salvado a vida na cadeia. Sentia muita vergonha disso também. Como continuar te pedindo pela minha vida? Que nunca mais, num certo sentido, reencontrei.

Acabo de ver um documentário sobre os mortos na ditadura chilena, entre exilados, desaparecidos, retornados, filhos perdidos ou impedidos de viver com as suas mães, eu choro. Porque tudo isso que você me conta, força. Imagino o seu cansaço, o parto tão difícil. Medo e força, admiro. Silencio, em sua homenagem.

Ainda hoje quando entro no apartamento de vocês e vejo sobre a mesa do quarto onde você morreu a sua urna simples, guardada ali pelo meu pai, sinto como se ele precisasse ficar com alguma matéria do seu corpo, do que involucrou o que foi o seu corpo. Sinto que quando chego ali tão cansada deito-me e, só ali, entre a presença imaginária do seu colo, e a certeza de que meu pai ainda está por aqui, consigo dormir.

ÚLTIMO ATO

Estou nascendo. Um tempo de morte transpassa novamente o ar que respiro ao sair do seu ventre, e encontrar o imenso do mundo.

Caminharei por muito tempo até que ouça de novo os seus passos. Em cada banho no mar, na lágrima salgada de um olho, no verde ruidoso da mata.

Esse esforço de nascer de novo, nascer no ano em que tudo pareceu que iria acabar. Desabar.

Vivo ou morto?

Ela perguntou.

Começamos oprimidos pela gramática e acabamos às voltas com o Departamento de Ordem Política e Social, o DOPS. Acabei me debatendo entre a lei, as inverdades, os silêncios, os muros da casa, do país, da prisão e da língua.

Você, daí de onde estiver, passou por cada frase aqui rabiscada. Fazendo tremer o corpo da letra, me entreguei de novo ao seu ventre, mãe.

Estou nascendo. De novo, estou nascendo.

Voltar ao ato que prendeu você, e a mim em seu ventre.

Agora é outro ato, o de nascer de novo. Escrever é um modo de reabrir o ventre da terra, dos mortos, e dos caminhos insuspeitos da história esquecida, ou enterrada entre nós.

Te desenterro, me desentranho, me estranho em tudo o que foi escrito aqui, e que nunca soube. Escrevendo com você, descubro, enfim, o desconhecido – entre nós, em mim, no mundo.

Ali era só um grito, o de vocês nascendo ou crescendo. A infância é uma força bruta, que impulsiona a vida. Em momentos de paroxismo, ela nos impele contra tudo aquilo que quer nos matar. Só importava deixar que vocês vivessem, e para isso precisávamos não morrer. Bússola sem norte, mas de ponto fixo – continuar vivos.

Estamos nascendo de novo, mãe.

Sim, minha filha. Meu amor.

Vou repetir mil vezes você escrevendo, meu amor. Porque nunca ouvi, e agora posso. Vou repetir mil vezes você dizendo sim, minha filha. Meu amor. Sim, minha filha. Meu amor. Sim, minha filha. Meu amor, mãe.

NOTA

Quando comecei as pesquisas para a escrita deste livro, em 2017, encontrei no site do governo federal os arquivos da Comissão Nacional da Verdade (CNV). Havia livre acesso para baixá-los em formato PDF, e me concentrei na leitura do capítulo 10, "Violência sexual, violência de gênero e violência contra crianças e adolescentes"; do capítulo 9, "Tortura"; do capítulo 3, "Contexto histórico das graves violações entre 1946 e 1988"; do capítulo 5, "A participação do Estado brasileiro em graves violações no exterior"; e do capítulo 12, "Desaparecimentos forçados". Em 2018, quando o livro já estava em processo de escrita, não encontrei mais disponível nenhum desses arquivos online. Agora, em 2024, volto a encontrar disponíveis, em novo formato, todos os capítulos em um mesmo relatório final: www.gov.br/memoriasreveladas/pt-br/assuntos/comissoes-da-verdade/volume_1_digital.pdf.

Diferentes documentos históricos e alguns depoimentos de mulheres presas durante a ditadura serviram como inspiração para a construção ficcional deste livro, que utiliza ainda eventos reais vividos pela minha família e por mim.

AGRADECIMENTOS

Agradeço a minha editora, Ana Cecilia Impellizieri Martins, que com muito afeto e emoção partilhada acreditou neste livro. Agradeço as leituras, os aportes, a presença, àqueles que de um modo ou outro ajudaram no longo processo de escrita: Carlos Kiffer, Marcelo Nocelli, Clara Kiffer Lagares, Liliana Gonzales, Pai Felipe de Ayrá (Felipe Rios), Anabela Mota Ribeiro, Mãe Viviane d'Oxum; e em especial, ao meu pai João Kiffer Netto (*in memoriam*), que infelizmente não viu este livro terminar, por tudo o que ele fez por mim, por nós.

E à Cléa Lourdes Veiga Kiffer, que me deu a vida e deu vida também a este livro, meu amor, minha mãe (*in memoriam*).

Este livro foi editado pela Bazar do Tempo
na cidade de São Sebastião do Rio de Janeiro e impresso
no papel Pólen Natural 80g/m² pela gráfica Pifferprint.
Ele foi composto com as tipografias Stenciletta e Crimson.

1ª reimpressão, março de 2025